JORGITO
quiere ser
SANTO

JORGITO
quiere ser
SANTO

❧

MÓNICA C. ARS

Equipo Familia

2015

Primera edición: junio de 2015

ISBN: 978-84-606-7948-6
Depósito Legal: MU 679-2015

Imagen de la cubierta: *Divina Inocencia*, Charles B. Chambers (1882-1964).

Impreso en EE.UU. – Printed in the USA.

A Dios, por crearme y a mi familia, por inspirarme.

ÍNDICE

PREFACIO

Jorgito quiere ser Santo es una llamada a recuperar la vocación familiar en el seno de la Iglesia. Los tiempos modernos se empeñan en hacernos creer que la santidad es cosa del pasado y, si bien los cristianos contamos con esa oposición, no deja de ser preocupante que determinados sectores de la propia Iglesia hayan caído en la consideración de que la santidad solo es para unos pocos elegidos.

Frente a esta línea de pensamiento, creo que educar a los hijos para ser santos no solo es posible, sino que, además, es una aventura apasionante. Por eso, en un mundo donde cada vez es más difícil educar a los hijos en la vida sacramental, en virtudes cristianas y en la amistad con los grandes santos, Jorgito se alza como un aliento en el camino.

Llevar a los hijos a Dios es la principal misión que tenemos los padres. Para conseguir este reto, ciertamente, hace falta el acceso a la gracia divina (sin la cual nada se puede hacer), pero, también, imaginación y ganas. Con estos tres ingredientes, Dios elaborará una receta de sabor único para cada familia cristiana.

Las hazañas de Jorgito nacieron en Adelante la Fe [*], una web de apología católica tradicional estrenada en 2014. Me decidí a escribir el primer artículo una fría noche de noviembre, frustrada por las enormes dificultades que encontraba en la lucha diaria por llevar a mis hijos a la santidad (tanto fuera como dentro de la Iglesia). Sabía que no estaba sola. La favorable acogida del artículo desembocó en una colaboración semanal que se prolongó durante seis meses. Quisiera aprovechar para agradecer públicamente a Adelante la Fe por la entrañable acogida que dedicó a Jorgito y su familia. Sin ella, Jorgito no hubiera visto la luz. Asimismo, no podría dejar de nombrar a mi hermano mayor, máximo apoyo en este trance e inspirador de la idea original.

[*] http://www.adelantelafe.com

Este libro es una compilación de los artículos publicados, aunque levemente retocados en aras de su publicación. Asimismo, incluye tres nuevos relatos que he considerado necesarios para completar la visión católica de la educación familiar (el perdón, la pobreza y el esfuerzo). Espero que el lector, al acabar el libro, sienta a esta pequeña gran familia como suya y le sirva de aliento en su lucha espiritual.

No obstante, quisiera dejar claro que no se trata de un libro autobiográfico. Las anécdotas incluidas en él, así como los protagonistas, son ficticios. Naturalmente, como es fácil de intuir, muchos detalles son sacados de mi vida diaria familiar (con cinco bellos hijos, tengo fuente de dónde extraer), pero el lector no debe caer en la tentación de considerarlos reales. Más quisiera yo que así fuera y así se lo pido a Dios.

Capítulo Primero

JORGITO QUIERE SER SANTO[*]

En aquel tiempo los discípulos vinieron a Jesús, diciendo: «¿Quién es el mayor en el reino de los cielos?» Y llamando Jesús a un niño, lo puso en medio de ellos, y dijo: «De cierto os digo, que si no os volvéis y os hacéis como niños, no entraréis en el reino de los cielos. Así que, cualquiera que se humille como este niño, ése es el mayor en el reino de los cielos.»

MATEO 8, 1-4

JORGITO quiere ser santo, pero el mundo no le deja. Jorgito es un típico niño de seis años. No muy alto, pero tampoco bajo. No muy rubio, pero tampoco moreno. Como he dicho, el típico niño de seis años. De hecho, Jorgito pasaría totalmente desapercibido entre una multitud de colegiales. Y sin embargo, nuestro protagonista tiene algo que lo diferencia de los demás; algo muy importante y que lo hace único entre su generación: *Jorgito quiere ser Santo.*

Desde que era bien pequeñito, se le metió esa idea en la cabeza. Y si hay algo que caracteriza a nuestro Jorgito, es que es de ideas fijas. Una vez que decide algo, no para hasta conseguirlo. Y claro, con un niño así, esa idea solo podía acarrearle serios problemas. Porque, ¿cómo conseguir ser santo en el mundo de hoy?

Cualquiera diría que es sencillo: que basta seguir lo que dice el catecismo; que es suficiente con leer el evangelio; o simplemente que solo hay que hacer escuchar a Jesús en la oración. Pero, cualquiera que diga eso es que no ha intentado ser santo de verdad en el mundo de hoy. Y si no, que se lo digan a Jorgito.

[*]Relato publicado en Adelante la Fe el 10 de noviembre de 2014.

1

Nuestro protagonista habla con Jesús todas las noches. Eso se lo enseñaron sus papás desde bien pequeñito. Le gusta contarle su día antes de ceder al sueño. Aprovecha entonces para expresarle sus quejas sobre sus cuatro hermanos, que le hacen la vida imposible. Hay veces que le reprocha no haberle hecho hijo único, pero Jesús siempre le hace ver que los hijos únicos tienen mucho más difícil ganarse el cielo, porque nunca llegan a conocer lo que es compartir. «Y al cielo, sin generosidad auténtica, no se entra», le corrige con cariño.

Jorgito escucha siempre con los oídos bien abiertos. Porque nuestro Jorgito también es un niño despierto. Y le gusta hacer siempre caso a Jesús, aunque, a veces (la mayoría), eso le acarree auténticos problemas. Por poner un ejemplo, Jesús le aconsejó la semana pasada que leyera vidas de santos. «Son pequeños tesoros que te servirán de guía», le aseguró mientras le enumeraba unas cuantas biografías interesantes como la de san Martín de Porres, san Tarsicio y las de san Justo y Pastor, patronos de la Diócesis de Alcalá de Henares.

Y nuestro niño, que es obediente, no esperó ni un día para acudir a la iglesia a pedirle al cura esos magníficos libros. Menos mal que el sacerdote que lo confiesa, que ya empieza a conocerlo, está muy preocupado por su actitud y no desaprovecha ocasión para llevarlo por el buen camino. ¡Qué sería de Jorgito si no!

En cuanto el niño se puso a enumerar las lecturas que Jesús le había aconsejado, el sacerdote se convulsionó en la silla de su despacho. Debo aclarar que en la parroquia de Jorgito ya no se usan los confesionarios porque asustan a la gente y solo consiguen espantarla de su iglesia. Por eso, siempre lo recibe en su moderno despacho. Y nuestro protagonista, que nunca ha visto un confesionario, se los imagina terriblemente tétricos y oscuros, porque solo así se explica que la gente no haya vuelto jamás. ¡Menudo susto tuvieron que recibir los pobres!

En fin, un sudor frío le recorrió a nuestro sacerdote la espalda y el infeliz tuvo que sacudirse las ideas con sus manos para espantarlas definitivamente de su mente. ¡Qué cosas decía este niño!

—¡Anda, Jorgito! Olvídate de tales historias —le decía condescendiente—. ¿Pero se puede saber de dónde sacas tales ideas? ¿Vidas de santos? ¡Quita, quita! Esos libros cuentan historias de otros tiempos, imposibles para el hombre de hoy. Tú tienes que leer otra cosa, algo que te sirva; que sea provechoso y que edifique.

El sacerdote ojea su biblioteca y encuentra pronto lo que buscaba: *Mi amigo, Jesús*. Jorgito, sin estar muy convencido, le echa un vistazo y lo primero que observa es que se trata de otro de esos libros que se empeñan en darle en la clase de Religión. Tomos insulsos donde extrañas ovejitas parlantes enseñan a los niños a tirar los papeles a la basura y a mantener limpia la ciudad.

Nuestro niño no está muy satisfecho, pero Jesús le ha dicho muchas veces que no debe contestar a los mayores, por lo que sale del despacho tan apurado como apenado por no poder contentar a su gran Amigo. En cuanto llega a su casa, sus padres, que de tontos no tienen un pelo, le quitan el libro de sus manos y lo depositan en una leja bien alta para que ninguno de sus hijos pueda alcanzarlo.

Por la noche, cuando Jesús le pregunta con dulzura si ha conseguido los libros que le mandó, Jorgito le cuenta con detalles la conversación con el cura... Y el pobre niño detecta un halo de tristeza en su Amigo.

—Jorgito —suspira Jesús—. Hagamos una cosa. En vez de leer la vida de los Santos, lo que vamos a hacer es que los conozcas personalmente. Voy a llamarlos para que te la cuenten ellos mismos. ¿Qué me dices?

Jorgito está encantado. ¡Nuevos amigos!

—Y Jorgito... una cosa más.

—Dime, Señor.

—No te olvides de rezar por tu cura, ¿de acuerdo?

Jorgito vuelve a detectar esa profunda tristeza que tanto le asusta en su Amigo, y responde como solo puede hacer un niño de seis años que quiere ser santo.

—Lo que me mandes, Señor.

Capítulo Segundo

JORGITO Y HALLOWEEN*

San Miguel Arcángel, defiéndenos en la batalla. Sé nuestro amparo contra las perversidades y asechanzas del demonio. Reprímale Dios, pedimos suplicantes, y tu príncipe de la milicia celestial arroja al infierno con el divino poder a Satanás y a los otros espíritus malignos que andan dispersos por el mundo para la perdición de las almas. Amén.

LEÓN XIII

Esta semana ha sido movidita en casa de Jorgito. Todo empezó el lunes pasado, cuando la maestra envió una nota solicitando a los padres que llevaran a sus hijos disfrazados en Halloween. Mamá se molestó nada más leerla, pero como madre de cinco que es, lejos de mostrar enojo, se creció ante la adversidad y buscó solucionar el problema.

—¡Mamá, quiero ir de brujo! —le sugirió ansioso Jorgito, sin saber muy bien lo que decía—. Javi irá de demonio, María irá de bruja y Antonio de esqueleto...

—Ni hablar, Jorgito —le interrumpió mamá con decisión—. ¡Irás de San Miguel!

—¿De San Miguel? —contestó incrédulo Jorgito.

Nuestro Jorgito sabe muy bien quién es este Arcángel. De hecho, le pide protección todas las noches. Su pregunta no iba destinada a indagar sobre la identidad del Arcángel, sino sobre la razón de incluir al Ángel protector en la fiesta de Halloween del cole. A los ojos de Jorgito, aquella respuesta carecía de toda lógica.

*Relato publicado en Adelante la Fe el 18 de noviembre de 2014.

—Claro, cariño —le respondió hábil mamá—. Alguien tiene que poner orden entre tanto demonio. Y ¿qué fue lo que hizo San Miguel?

Mamá sabía muy bien la respuesta que iba a dar su hijo, pues se lo había contado miles de veces. De hecho, es uno de los relatos favoritos de nuestro niño:

—¡Expulsar al demonio del cielo! ¡Pues claro, mamá! ¡Seré el mandamás de la fiesta! Verás que cara ponen mis amigos cuando les persiga por el patio...

Mamá sabía que su decisión traería problemas en el cole, uno más que añadir a la lista. Pero mamá es cabezona (como toda madre de familia numerosa) y una vez que toma una decisión, rara vez se retracta. Buscó en Amazon.com (la tienda más socorrida para familias que no tienen tiempo) dos disfraces que podían servir y los combinó a la perfección para fabricar la estampa perfecta: un centurión romano y un querubín de Navidad. El resultado fue un más que aceptable San Miguel Arcángel.

A Jorgito se le salieron los ojos de las órbitas cuando se vio en el espejo. El uniforme de centurión le sentaba de maravilla, y las alas del querubín estaban muy conseguidas. Tan solo le faltaba la espada para completar su atuendo, y aquí intervino papá para dar el toque de gracia. Sacó de su chaqueta una preciosa espada (de plástico) que solo se la entregó una vez obtenida la firme promesa de no golpear a ningún demonio con ella.

—Al menos, mientras me hagan caso, papá —indicó con aire angelical.

A papá le bastó esa afirmación y se la confió con gallardía. Y Jorgito marchó feliz al cole, sabiéndose el amo del cotarro. Todo fue bien hasta que a la *seño* se lo ocurrió preguntar a Jorgito por la razón de su extraño atuendo. Y nuestro Jorgito, que de eso sabe mucho, no dudó en contarle con todo lujo de pelos y señales la expulsión del demonio de las cortes celestiales. Aquello no tuvo que hacerle mucha gracia a la *seño*, que se incomodaba más y más conforme avanzaba el relato. Pero mucho peor fue la reacción del resto de niños de la clase, cuando de pronto se dieron cuenta de que representaban al bando de los malos. Y claro, a nadie le gusta sentirse perdedor... El resultado fue toda una clase llorando por la injusticia del asunto y pidiendo a la profe que les quitara el abominable maquillaje de la cara. Jorgito, que se encontraba en una nube, empeoró aún más las cosas correteando de un lado a otro, mientras agitaba su espada sentenciadora.

Cuando mamá llegó a recoger a nuestro protagonista del cole, se topó con una *seño* bastante molesta que, no obstante, tuvo el detalle de llamarla aparte. Una vez a solas, le exigió que, para el año que viene, hiciera el favor de ceñirse a lo que se le pedía y que buscara un disfraz aterrador para su hijo. «Como todo el mundo», remató la *seño*.

Fue un momento incómodo, pero el cristiano o se crece ante el mundo o muere. Mamá optó por lo primero. Ni corta ni perezosa, le contestó que si lo que quería era un atuendo que diera miedo, que no se preocupara, porque pensaba vestir a su hijo como uno de los cuatro jinetes del Apocalipsis.

Otra de las virtudes de nuestro Jorgito es que es un lince. Por ello, no se le escapó la lividez del rostro de la profesora al escuchar a su madre. Desde entonces, no logra pegar ojo pensando en lo divertida que será la fiesta de Halloween el año que viene. Si con tan solo nombrar a ese misterioso jinete, la *seño* casi pierde el conocimiento... ¡qué pasará con sus compañeros!

Por la noche, una vez que en casa terminaron de preparar los dulces caseros para celebrar la fiesta de Todos los Santos, se acostó listo para contarle a Jesús su gran día. La sorpresa fue mayúscula al encontrarse en la oración al mismísimo Arcángel San Miguel.

—¡Hola, Jorgito! Hoy he estado muy orgulloso de ti. Me has representado muy bien.

Jorgito sonrió de emoción y le dio las gracias. Era el mejor colofón que podía soñar.

—Una única cosa, Jorgito. La próxima vez, cuando persigas a los demonios, acuérdate de apuntar también a tu *seño*...

Y con un pícaro guiño de ojos, San Miguel se despidió para dejar paso a su gran Amigo, que aguardaba ansioso por escuchar el día de Jorgito.

Capítulo Tercero

JORGITO QUIERE RECIBIR SU PRIMERA COMUNIÓN*

Empezaron a llevarle niños a Jesús para que los tocara, pero los discípulos reprendían a quienes los llevaban. Cuando Jesús se dio cuenta, se indignó y les dijo: «Dejad que los niños vengan a mí, y no se lo impidáis, porque el reino de Dios es de quienes son como ellos. Os aseguro que el que no reciba el reino de Dios como un niño, de ninguna manera entrará en él».

MARCOS 10, 13-15

UNA mañana Jorgito se levantó de la cama decidido a ejecutar otra idea: haría la Primera Comunión en cuanto cumpliera siete años. Los ratos de oración que pasaba con Jesús se habían vuelto más íntimos y, en una noche de especial conversación, su gran Amigo le deparó una sorpresa:

—Jorgito, quiero hacerte una petición.

—Dime, Señor, te escucho —le respondió con expectación.

—Llevo toda la eternidad aguardando el momento en que me recibas en la Sagrada Comunión. ¿Te gustaría complacerme? Estás a punto de cumplir siete años...

A Jorgito, el corazón le dio un vuelco. ¡Recibir a Jesús en la Santa Misa! Llevaba años soñando con ello y ahora, el mismo Señor se lo había pedido.

—¡Pues claro, Señor! —le contestó pletórico.

—Muy bien —indicó Jesús, complacido—. Mañana díselo a tu padre. Él sabrá qué hacer.

*Relato publicado en Adelante la Fe el 18 de noviembre de 2014.

Tal como su gran Amigo había predicho, en cuanto Jorgito comentó a sus padres su decisión, obtuvo una aprobación general. Ambos coincidieron en que su hijo debía hacer la Comunión cuanto antes. Estaba bien preparado (ya se habían encargado ellos de enseñarle el catecismo) y eran muy conscientes de la gracia que recibiría su hijo. Por ello, se tomó la decisión de ir a hablar con el párroco aquella misma tarde.

Papá recogió a Jorgito del colegio y se encaminaron directos a la iglesia. No había tiempo que perder. Allí se encontraron con el sacerdote, en su moderno despacho, preparando los *power points* para la homilía de la misa de niños del domingo.

—Buenas tardes, don Antonio —indicó papá respetuoso.

—Buenas tardes, Jorge. ¿Qué te trae por aquí?

—Quisiera que Jorgito hiciera la Comunión el día de su cumpleaños. Hace meses que terminó de estudiarse el catecismo y él mismo ha pedido recibir a Jesús...

El párroco tuvo que agarrarse a la silla para evitar marearse del susto. ¡La Comunión! ¿Jorgito? Si apenas tenía seis años recién cumplidos. ¿En qué estarían pensando estos padres?

—A ver, Jorge. Es que no sé si lo he entendido bien. ¿Me estás pidiendo que Jorgito haga la Primera Comunión este año? —lo repitió muy despacio, como si le costara incluso pronunciar las palabras.

—Sí, eso mismo —le respondió papá con naturalidad.

El sacerdote se secó el sudor frío de la frente con el pañuelo que descansaba sobre la mesa de su despacho. Eso le ganó unos segundos para preparar su discurso.

—No puede ser, Jorge. Me estás pidiendo algo imposible. ¿Cómo iba a dejar que Jorgito se perdiera los tres años de catequesis? ¡Menudo sacerdote sería!...

Papá se temía una contestación de ese tipo, así que tenía lista la respuesta:

—Don Antonio, Jorgito sabe más que cualquier niño de la parroquia, y usted lo sabe. Pregúntele al niño sobre el catecismo y si no le responde bien, zanjamos aquí la discusión.

El sacerdote se supo perdido. Los meses que llevaba hablando con Jorgito le habían bastado para hacerse una idea. Efectivamente, el chaval estaba mejor preparado que cualquier niño de catequesis de primer año, de segundo año... y a decir verdad, hasta de Confirmación. Le costaba reconocerlo, pero el padre había sabido llevarlo a su terreno.

—Bueno, bueno... pero la catequesis no es solo aprenderse el catecismo. Está también la cuestión de la edad. ¿No es muy pronto para un niño de siete años? —preguntó retóricamente—.

—No para san Pío X —contraatacó papá con habilidad.

Nuestro don Antonio no se esperaba esa contestación y se lamentó haber menospreciado a su rival. Una cosa era discutir con un padre, y otra muy distinta argumentar contra un papa, que además tenía la molesta condición de haber sido proclamado santo por la Iglesia. «Tendría que haberlo sabido... De tal palo, tal astilla», se dijo algo enojado con esta familia tan anclada en el pasado.

—Bueno, también está el aspecto social de compartir ratos con los demás niños... —se apresuró a añadir.

El papá de Jorgito no es un hombre al que le guste perder el tiempo, así que decidió ir al grano:

—Está bien, don Antonio. Si usted no va a dejar que mi hijo haga la Comunión en cuanto cumpla siete años, tendré que buscar otra parroquia.

Aquella idea puso en guardia al sacerdote, a fin de cuentas, a ningún párroco le hace gracia que los feligreses vayan por ahí diciendo que se les ha echado del templo.

—¡No, hombre, no! Tampoco hay que llegar a esos extremos —repuso nervioso—. Hagamos una cosa. Jorgito hará la Comunión esta primavera, pero para ello, tendrá que unirse a un grupo de catequesis de niños durante el curso. ¡Así todos quedamos contentos!

Don Antonio miró al padre con aire triunfal. Sabía que lo había acorralado: no le había dicho que no y lo que le había pedido era algo razonable. Jorgito tendría que ir a catequesis como el resto de niños normales. Quién sabe, a lo mejor así se dejaba esas ideas raras que sus padres le habían metido en la cabeza.

El padre meditó la propuesta durante unos instantes. No le satisfacía la solución «salomónica» ofrecida por el sacerdote, pero tampoco encontraba grandes razones para oponerse. A Jorgito aún le quedaban unos meses para cumplir siete años... De repente, su cara se iluminó con una enorme sonrisa:

—De acuerdo, pero recuerde, don Antonio: usted lo ha querido así —contestó enigmáticamente mientras se alejaban por la puerta.

Por la noche, Jorgito le contó a su gran Amigo la conversación de su padre con el cura y emocionado, le manifestó su ansiedad por empezar la catequesis junto al resto de niños. Jesús lo escuchaba con cariño, pero no dudó en lanzarle una advertencia:

—Jorgito, hazme un favor —le interrumpió con enorme dulzura.

—¿Sí, Señor?

—No seas muy duro con aquellos que no saben...

Jorgito se quedó durante unos segundos bastante desconcertado.

—¿Te refieres al resto de niños del grupo? —preguntó extrañado. Después de todo, los otros niños ya llevaban dos años completos de catequesis, y eso lo ponía muy nervioso. Esperaba estar a la altura.

—No, Jorgito... —respondió Jesús divertido—, me refería a tu catequista.

Y dejó el tema así zanjado, puesto que había llegado la hora del sueño para nuestro niño.

Capítulo Cuarto

JORGITO VA A CATEQUESIS[*]

En aquel tiempo, hablando Jesús, dijo: «Te alabo, Padre, Señor del cielo y de la tierra, porque ocultaste estas cosas a sabios e inteligentes, y las revelaste a los niños.»

MATEO 11, 25

JORGITO está aturdido con tanto dibujo durante la hora de catequesis. Él pensaba que iba a aprender muchas cosas acerca del misterio de la Misa, de los santos —como su amigo san Tarsicio, cuya defensa del Cuerpo del Señor con su propia vida lo tiene asombrado—, sobre los sacramentos... Pero nada de eso ocurre. En vez de ello, se pasa la hora coloreando corazones para el cartel parroquial que anuncia el Adviento.

—¿Por qué tenemos que portarnos bien, Juani? —le pregunta una niña a su catequista, mientras rellena de pintura roja los últimos huecos de su corazón fotocopiado.

—Porque cuando nos portamos bien, nos sentimos bien —le contesta complacida y con aires de gran sabiduría.

—Eso es amor propio —corrige con espontaneidad Jorgito—. Si realizamos las cosas porque nos hacen sentir bien, fomentamos con ello nuestro orgullo. Hay que portarse bien para no hacer daño a Jesús. ¡Ésa es la verdadera razón!

Jorgito sabe bien de lo que habla; su gran Amigo se lo explicó durante una noche de oración. Aquel día su hermanito le había roto la hoja de deberes que tanto le costó terminar y claro, la escena acabó con un fuerte empujón que lanzó al pequeñín

[*]Relato publicado en Adelante la Fe el 1 de diciembre de 2014.

14

al suelo. Jorgito, en íntima conversación, le confesó a Jesús que aquella acción no había estado nada bien, pero a la vez admitió que le costaba mucho arrepentirse. «Se lo merecía», le argumentaba con convicción magistral, «me había esforzado mucho para terminar la ficha y mi *seño* me va a gritar en cuanto llegue a clase».

Jesús escuchó con gran atención —como siempre— y solo cuando el niño terminó de explicarse, procedió a enseñarle las llagas de su cuerpo.

—Jorgito, cuando te portas mal, mis heridas me duelen mucho. En cambio, si decides renunciar a ti mismo y soportas el mal ajeno por mí, mi corazón se inflama y el dolor se apacigua.

Nuestro protagonista quedó impactado por esa revelación y, desde entonces, tiene muy presente esa realidad en su vida. Por esa razón, respondió con tanta naturalidad y rapidez a la catequista. El problema fueron las consecuencias...

Los niños le dedicaron unas miradas burlonas, llenas de guasa. ¡Jorgito decía unas cosas muy raras! Desde que había empezado la catequesis en la parroquia, había pasado ya por tres grupos distintos. ¡Ningún catequista lo quería en su clase!

—Jorgito, ¿qué tonterías dices sobre el orgullo? —respondió nerviosa Juani—. Es importante sentirse bien con uno mismo. Jesús no quiere cosas malas para nosotros...

Los niños contemplaban divertidos la escena y no se les escapaba el apuro de su catequista. Era agradable salir del tedio habitual que dominaba esta hora semanal y con la llegada de Jorgito, las clases eran mucho más amenas. Nuestro niño iba a contestar, pero se le adelantó la niña de antes:

—Bueno, Jorgito tiene razón. Cuando hago trampas en el examen y saco buena nota, me siento bien porque no me han pillado... y no creo que eso le guste a Jesús —manifiesta pensativa.

El gracioso de la clase, que siempre estaba atento para armarla, tomó con rapidez el testigo y afirmó:

—¡Pues claro! Si me niego a tomarme el puré de verduras y consigo que mi madre me haga unos huevos fritos con patatas, me siento de... ¡¡¡MA-RA-VI-LLA!!!

La clase estalla a carcajadas por la ocurrencia; todos, claro, menos Jorgito y la catequista, cuya cara de enfado crecía por momentos. La pobre señora agarró a Jorgito del brazo y lo llevó directo al despacho de don Antonio.

—¡Me niego a seguir con este niño en clase! ¡Es imposible tratar con él!

Y lo dejó abandonado en el despacho como si de una molesta mascota se tratara. Don Antonio se le quedó mirando con preocupación, ya no quedaban grupos de catequesis donde colocar al crío. Además, ahora no tenía tiempo para atenderlo, pues estaba organizando en la columna semanal de su hoja parroquial el encendido de las velas de la corona de adviento. ¡Menudo lío! «Que si elegía siempre a este catequista en vez del otro, a la familia Jiménez porque daba más en el cestillo, al que peor entonaba en el coro...» Todos los años tenía que escuchar el mismo cántico de los feligreses despechados. Por eso, esta vez le estaba dando vueltas a la idea de hacer un «encendido colectivo», aunque le paralizaba la posibilidad de provocar un incendio en la iglesia.

En eso estaba cuando se fijó en don Miguel, aquel sacristán viejo, serio y arrogante que heredó del antiguo párroco. No acababa de entenderse con él. Hacía bien su trabajo, eso lo reconocía, pero el hombre no se implicaba en los nuevos aires que quería dar a su parroquia. Incluso parecía que los rechazaba.

«Sí, lo dejaré a cargo de Jorgito. Total, no puede empeorar más las cosas», se dijo para convencerse. Lo llamó a su despacho y, sin apenas explicaciones, puso a nuestro protagonista a su disposición. Don Miguel estuvo a punto de negarse, pero la mirada profunda y preocupada de Jorgito le hizo cambiar de opinión en el último segundo.

—Veamos lo que sabes —le dijo escéptico el sacristán en cuanto lo tuvo sentado en un banco—: ¿Eres cristiano?

A Jorgito se le iluminó la cara. ¡Qué fácil! Y contestó con voz segura:

—Sí, soy cristiano por la gracia de Dios.

Don Miguel quedó extrañado. La de años que hacía que no recibía una contestación así...

—¿Qué quiere decir cristiano? —apuntó por segunda vez.

—Cristiano quiere decir discípulo de Cristo —soltó Jorgito cual metralleta.

Don Miguel miró hacia el Sagrario emocionado. ¡¿Era posible que después de tanto tiempo...?!

—¿Sabes rezar? —le preguntó con cierto recelo.

A lo que Jorgito contestó arrodillándose en el reclinatorio y postrándose ante Dios. El templo se quedó en silencio, velado por dos figuras reclinadas ante el Sagrario y solo los ángeles fueron testigos de la lágrima que se resbaló por el rostro de la mayor, mientras observaba de reojo a la más pequeña.

—Señor, no encuentro amigos en mi iglesia —se quejó con amargura Jorgito ajeno a la presencia de su nuevo catequista—. Parece que todo lo hago mal aquí...

—Jorgito —le interrumpió con dulzura su gran Amigo—, esta es mi casa y ¿cuántos amigos ves que tengo yo?

Nuestro protagonista observó que, aunque el templo estaba lleno de ruidos procedentes de las aulas de catequesis, el Señor estaba solo en el Sagrario. Nadie le hacía el menor caso. Es más, nadie parecía reparar en su presencia. Entonces, a Jorgito se le encogió el corazón y comprendió lo que era la soledad. ¡Qué poco derecho tenía a quejarse!

—Señor, al menos, ahora tienes dos —le aseguró con ternura mientras miraba a su nuevo mentor.

En ese momento, notó una presión en el hombro. Era la hora de terminar. Su padre había venido a recogerlo. Don Miguel se incorporó del banco y se presentó a su padre.

—Me llamo Miguel. Voy a ser el catequista de su hijo —le comentó con la voz quebrada— y por lo que veo, creo que va a ser un auténtico honor.

Don Jorge le observó unos instantes y con decisión, le proporcionó un fuerte apretón de manos. Un apretón que supo a minoría, a resistencia, a catacumbas... y a autenticidad.

Capítulo Quinto

JORGITO Y EL ADVIENTO[*]

Y de repente apareció con el ángel una multitud de los ejércitos celestiales, alabando a Dios y diciendo: «Gloria a Dios en las alturas, y en la tierra paz entre los hombres en quienes Él se complace.»

LUCAS 2, 13-14

ORGITO ha vivido su primera semana de Adviento un tanto pensativo. El domingo se levantó y descubrió que la mesa, otro día cubierta de vasos de chocolate caliente y monas, ahora lucía desnuda y coronada por cuatro velas apagadas. Los padres esperaron pacientemente a que sus cinco hijos se sentaran para explicar el cambio de menú.

—Hoy se inicia un tiempo muy importante para los cristianos —anunció papá con solemnidad—: comienza el Adviento, el tiempo de preparación para el nacimiento de Jesús.

Los chicos se revolvieron inquietos, sabían a qué se estaba refiriendo. A todos les gustaba la Navidad. Era un tiempo lleno de «felicidad»: vacaciones, villancicos, los dulces navideños de la abuela... El estómago de Jorgito rugió al recordar los rollitos de anís caseros que elaboraban con la abuelita el día de Nochebuena.

—Es un tiempo de gracia —continuó el padre—, pero debemos estar atentos, de lo contrario, nos puede pasar desapercibido.

Nuestro protagonista miró con ojos interrogantes a papá. ¿Cómo era posible perderse la Navidad? ¡Pero si todo el mun-

[*]Relato publicado en Adelante la Fe el 9 de diciembre de 2014.

19

do hablaba de ella! El padre se sonrió al contemplar a su hijo; la profundidad de su mirada le confirmaba que sería capaz de entender su explicación.

—El mundo no quiere que nazca Jesús. No lo necesita. Por eso, os ofrecerá ruidos, regalos y comidas para que os olvidéis de Él. Es fácil caer en la trampa si no estamos atentos.

Jorgito se esforzaba por entender a su padre, mas no lo conseguía. ¡Era imposible! Por ello, su Ángel de la Guarda decidió intervenir susurrándole al corazón el recuerdo del supermercado. El jueves pasado nuestro protagonista acudió con su madre a comprar y se encaprichó de un calendario navideño de chocolate. Motivado por un impulso, lo cogió rápidamente de la estantería y pidió permiso para introducirlo en el carrito. Su madre lo ojeó, pero lo devolvió a su sitio con tristeza.

—Lo siento, Jorgito, pero este calendario no representa la Navidad. No está el niño Jesús, ni María, ni San José... ¡Es ridículo!

El sentido crítico del niño (a pesar de estar poco desarrollado debido a su edad) captó la idea: un reno de nariz roja aparecía sonriente y recubierto con un absurdo gorro de Papá Noel.

—Hagamos una cosa, cariño. Si hallamos un calendario que tenga motivos verdaderamente navideños, ¡nos lo quedamos!

Jorgito salió disparado por el pasillo dispuesto a hacerse con su trofeo... mas la desilusión aún le duraba cuando se metió en el coche. No encontró ninguno.

—Otra vez será, Jorgito.

El Ángel había estado fino con el recuerdo y por eso, el niño, aunque sin llegar a comprenderlo en su totalidad, intuyó aquello que su padre le trataba de explicar.

—Entonces, ¿cómo nos preparamos? —inquirió el hermano mayor.

—La Iglesia ofrece tres pautas: oración, ayuno y limosna.

—¿Cómo en Cuaresma? —respondió sorprendido.

El padre se alegró por el comentario y ofreció rápidamente la respuesta:

—¿Por qué inventar cosas nuevas, si lo que tenemos funciona a la perfección?

La mañana se mantuvo ocupada con el plan de Adviento y entre todos, llegaron a acuerdos comunes. Acudir con más frecuencia al Sagrario para saludar al Señor; visitar a los viejecitos del pueblo —que cada vez estaban más solos al huir los jóvenes a la ciudad—; eliminar caprichos en la comida; tener más presente a María y mejorar el coro familiar para ofrecerle al Señor un villancico en condiciones (por desgracia, querido lector, el Señor no ha concedido a esta familia el don de la entonación) fueron algunos ejemplos. Además, cada domingo, papá (por ser el cabeza de familia y para eliminar discusiones eternas sobre «por qué la enciende él y no yo») iría iluminando una vela más para recordarles que el gran día estaba cada vez más próximo.

Todos los miembros se comprometieron en algo —nadie quería perder de vista el acontecimiento tan importante que estaba a punto de ocurrir—, y concluyeron la reunión rogando al Señor que les concediera la gracia de llevarlo a cabo (ya se sabe, por eso del riesgo de convertirse en pelagianos). No hubo chocolate con monas, pues acababan de comprometerse en restringir los caprichos durante el Adviento, pero tampoco fue necesario.

Desde entonces, Jorgito viene ejecutando su propio plan de Adviento. Lo que más le cuesta, como siempre, es soportar a sus hermanos. ¡Mira que son pesados! Los quiere con locura, pero a veces —la mayoría— le sacan de sus casillas. La santa paciencia que tanto le gusta citar a Santa Teresa desaparece muchas veces de casa de Jorgito y nuestro protagonista, a pesar de que la busca, no logra encontrarla.

Precisamente nuestro niño se halla en el banco de la iglesia comentándole esta circunstancia a Jesús. Don Miguel, que le ha estado enseñando los misterios del altar en la hora de catequesis, le ha dejado diez minutos de oración a solas. «Lo más importante que te puedo enseñar, Jorgito, está ahí», le indicó señalando hacia el Sagrario mientras se metía en la Sacristía.

Jorgito aprovechó el rato hasta que unos leves golpecitos en el hombro interrumpieron su oración. Sorprendido, alzó la cabeza y se topó con la niña del último grupo de catequesis que había salido a su defensa.

—¿Qué haces, Jorgito? —le preguntó con extrañeza al verlo arrodillado y en soledad.

—Pues... rezando —indicó con naturalidad.

La niña no se esperaba esta contestación, pensaba que lo habían castigado. Jorgito no había encajado en ningún grupo de catequesis, no obstante, a ella le había caído bien. Había algo en aquel niño que le llamaba poderosamente la atención.

—¿Por qué estás de rodillas? —insistió intrigada.

Nuestro protagonista no entendía muy bien las preguntas, dado que, para él, lo que hacía era algo de cajón. No obstante, Jesús le había dicho muchísimas veces que no podía ser descortés con las personas, así que se decidió a contestar.

—Mira a Jesús —le indicó mientras señalaba al crucifijo—. Él está ahora mismo clavado en la cruz. Ponerme de rodillas es lo mínimo que puedo hacer para estar con Él. No me parece correcto permanecer de otra forma.

La niña, intrigada, fijó la vista en Jesús crucificado. Nunca antes lo había pensado de esa forma. Estudió sus heridas, su rostro compungido, la sangre del costado... Y por primera vez en su vida, contempló realmente a Jesús en la cruz. De repente, sintió una necesidad tremenda de arrodillarse junto a Jorgito.

—Y ahora, ¿qué hago? —le preguntó una vez postrada en el banco.

—Pues háblale. Le gusta mucho cuando le contamos nuestras cosas. Jesús siempre está esperándonos.

La niña no las tenía todas consigo, sin embargo, confiaba en su nuevo amigo. Miró hacia Jesús crucificado y se dispuso a orar.

—No mires ahí —le interrumpió nuestro protagonista—. Mira mejor hacia allí (señaló al Sagrario). Jesús está realmente presente en el Sagrario. ¿Por qué perder el tiempo con una imagen si lo tenemos delante de nuestros ojos?

Nuestra niña sonrió y le hizo caso. Jorgito decía cosas muy lógicas. Entonces, se hizo el silencio. Bueno, el silencio no... porque las paredes de la iglesia retumbaban por el ruido de los ensayos de villancicos de los grupos de catequesis. Pero, por esta vez, el Cielo y la Tierra se pusieron de acuerdo porque, en la corte celestial, los Ángeles y los Santos también cantaron de alegría. Enseñar al que no sabe es una obra de misericordia... y Jorgito, con su labor, había conseguido que Jesús crucificado esbozara una sonrisa.

Capítulo Sexto

JORGITO Y DON ALFONSO[*]

La Santa Misa es lo más hermoso de este lado del cielo. Salió de la gran mente de la Iglesia, y nos elevó sobre la tierra y nos sacó de nosotros mismos; y nos envolvió en una nube de dulzura mística y en las sublimidades de una liturgia más que angélica; y nos purificó casi sin nosotros mismos, y nos encantó con el encanto celestial, de modo que nuestros sentidos parecían ver, oír, oler, gustar y tocar cosas más elevadas de lo que la tierra puede dar.

PADRE FREDERICK FABER

Jorgito estaba deseando que llegara el domingo. Papá y mamá habían decidido visitar a su antiguo párroco, don Alfonso. El actual destino del sacerdote se encontraba lejos de casa, escondido en una sierra y a no menos de una hora en coche. La razón por la que se hallaba ahí había dado mucho que hablar tiempo atrás. El nuevo obispo, a los pocos meses de llegar, había premiado su labor en defensa de la tradición con un «ascenso» a mil cien metros de altitud, en una aldea prácticamente despoblada.

Allí solo tenía unas pocas feligresas ancianas a las que atender, pero don Alfonso estaba feliz porque, por primera vez en su vida, poseía tiempo para escribir y podía pasar largos ratos delante del Sagrario. Además, las viejecitas del pueblo, puesto que eran «analfabetas», le habían pedido que dijera la misa en latín, que es como se la habían aprendido de pequeñas. Hasta ahora no habían conseguido que ningún sacerdote atendiera su petición, pues siempre solían enviar a los recién salidos del seminario —siempre deseosos de salir de aquel destino—, pero

[*]Relato publicado en Adelante la Fe el 15 de diciembre de 2014.

24

cuando vieron llegar a don Alfonso, cuya cabeza hacía tiempo que lucía blanca, no se lo pensaron dos veces.

Al sacerdote, la primera vez que escuchó recitar el *Confiteor* en su nuevo templo, casi le estalla el corazón. ¡El Señor sabía hacer las cosas muy bien! Además, no solo había revitalizado su vida de oración, sino que también había conseguido engordar unos necesarios kilos. Por supuesto que la culpa la tenían las parroquianas, que se lo rifaban para tenerlo de comensal en casa. En cuanto a una se le ocurría matar a un conejo para estofárselo, la otra, que se enteraba, cebaba un pollo para guisárselo. ¡Cocinaban de bien...!

Pero lo que más le gustaba a don Alfonso, sin duda alguna, era el postre de tocino de cielo que le preparaban con huevos camperos. No lo había manifestado a ninguna de sus feligresas, mas la intuición femenina —excelentemente usada en este caso— había sabido captar su preferencia. La salud del párroco estaba mejorando mucho en los últimos meses, seguramente porque en esta aldea, el término «colesterol» era desconocido.

Don Alfonso se había marchado de su parroquia con pocas palabras, tal como llegó, pero dejó, sin pretenderlo, una huella muy importante en algunos parroquianos. Papá y mamá estaban entre ellos. Tanto, que no dudan visitarlo de cuando en cuando para rememorar viejos tiempos y asegurarse de que está bien —algo que, por cierto, también hace su antiguo obispo, ya emérito, las veces que puede escaparse—.

En esta ocasión, sus padres habían aprovechado la festividad de la Inmaculada Concepción para hacerle una visita. A Jorgito el viaje de ida se le hacía eterno, ¡hacía rato que había perdido la cuenta de las curvas de la carretera! Pero es que tenía muchas ganas de volver a ver a don Alfonso. Él fue quien le enseñó a pasar largos ratos en el Sagrario, quien le hablaba de las virtudes de los Santos, el que iba a enseñarle todo lo necesario para ser monaguillo... ¡Lástima que lo cambiaran de parroquia antes de tener la posibilidad! Por eso, en cuanto aparcaron el coche en la puerta, salió disparado hacia la Iglesia.

—¡Don Alfonsooooooo! ¡Don Alfonsooooooo! —vociferó a pleno pulmón mientras atravesaba el pueblo.

No hace falta decir que las aldeanas se enteraron al instante de que la familia de Jorgito había llegado. Ilusionadas, salieron corriendo de sus casas para saludar a la familia. La llegada al pueblo de niños siempre era un motivo de alegría y, en este caso, recordemos que acudían cinco de golpe. Esa circunstancia entretuvo un rato a los padres de Jorgito, quienes, de forma educada, atendieron a todas las vecinas.

Nuestro niño, mientras tanto, había llegado a la Iglesia, hallándola abierta. ¡Qué raro! ¡Con lo difícil que era encontrar un templo abierto en la ciudad...! Sin demora, aunque con cierta precaución, asomó su cabeza en el interior y descubrió a don Alfonso de rodillas en el banco. No se sorprendió, lo recordaba así. ¡La de veces que había tenido que esperar a que acabara de rezar! «Jorgito, lo primero: oración, lo segundo: oración y lo demás... vendrá solo», le solía decir.

El niño entró en el templo, se arrodilló ante Dios y se acercó de puntillas hasta su amigo. Como don Alfonso no se levantaba, decidió arrodillarse junto a él. Así estuvieron un buen rato. Por fin, el sacerdote levantó la cabeza del evangelio que tenía entre manos y le atusó el pelo al niño.

—¡Venga! Salgamos fuera— le indicó en un susurro.

El párroco se incorporó del banco y anduvo hacia la salida. Jorgito no pudo sino admirar el porte del sacerdote. La sotana, que no había vuelto a ver desde su marcha, le otorgaba una solemnidad que le costaba mucho reconocer en don Antonio. Ambos eran sacerdotes, pero...

—¡Buenos días, don Alfonso! —exclamó papá, que acababa de llegar a la entrada.

—¡Buenos días, familia! —respondió con gozo—. ¡Cuánto tiempo! Perdón por no salir al encuentro, pero estaba preparando el sermón.

Jorgito no pudo evitar hacer comparaciones: don Antonio siempre preparaba la homilía delante del ordenador, en cambio, don Alfonso prefería el Sagrario. ¡Mucho habían cambiado las cosas desde su ida! Nuestros protagonistas estuvieron hablando hasta que se hizo la hora de misa. Don Alfonso les explicó que se iba a celebrar por el rito antiguo, «como lo han solicitado mis cuatro parroquianas», así que les entregó un misal para que la siguieran. A Jorgito aquello le intrigó muchísimo. «¿Qué sería eso del rito antiguo?», se dijo para sí mientras tomaban asiento.

No tuvo tiempo de hacerse muchas preguntas. Enseguida salió el sacerdote con vestiduras solemnes hacia el altar:

—*Introibo ad altare Dei...*

Jorgito se maravilló ante lo que veía. No entendía las palabras, pero sí el significado de lo que estaba sucediendo. El sacerdote miraba hacia el altar, ¡hacia Dios! Había largos ratos de silencio durante la celebración (que, por cierto, aprovechó para orar y pedir por todos los suyos), escuchó maravillado aquel idioma desconocido y atendió embelesado al momento de la Consagración... A la hora de comulgar, a Jorgito le impresionó ver a todo el mundo de rodillas, ¡qué bello!

Parece ser que toda la familia estuvo de acuerdo con su opinión, puesto que incluso los más pequeños, quizás porque no tenían la distracción de la guitarra, se portaron bien. Cuando acabó la misa, a nuestro protagonista le impactó saber que había durado una hora. No es que se le hiciera corta (eso ya sería pedir demasiado para su edad) pero sí se le hizo mucho menos larga que la que oficiaba don Antonio...

Terminado el Santo Oficio, la familia se fue a comer a casa de una de las parroquianas. Allí pudieron comprobar en persona como don Alfonso tenía razón en cuanto a los dones culinarios de las aldeanas. ¡Qué rico estaba todo!

Al final y con tristeza, como todo lo bueno de este mundo, llegó la hora de la despedida.

—Jorgito, siento mucho no haber podido dedicarte un rato a solas —se lamentó el párroco.

Nuestro protagonista le hubiera querido decir en esos momentos que no hacía falta; que había aprendido más en un día que en muchos meses. También le hubiera gustado darle las gracias por todo lo que le había enseñado, comentarle que no se preocupara, que estaba bien... ¡Tantas cosas!

Pero no pudo, pues hay que recordar que solo tiene seis añitos. En vez de ello, corrió hacia don Alfonso para enroscarse en un cálido y emotivo abrazo. En otro momento nuestro sacerdote lo hubiera apartado con discreción, pero en esta ocasión entendió que era una nueva caricia de Dios y se dejó. ¡Sabiduría propia de la vejez!

Cuando ya estaban metidos en el coche, papá se acordó del obsequio que le habían traído. Salió del vehículo y le hizo entrega de un pequeño libro.

—Sospecho que le gustará mucho. Sé que ahora tiene tiempo para leer.

Don Alfonso los despidió con la mano, y solo cuando el coche se perdió entre el zigzag de las carreteras, ojeó el manuscrito. Lo primero que observó es que el autor era un sacerdote llamado igual que él. Y el título... *El misterio de la oración*. Conociendo a la familia, tenía muy claro que el libro merecería la pena.

Capítulo Séptimo

JORGITO TIENE DOS MAMÁS*

*Y cuando Jesús vio a su madre, y al discípulo a quien Él amaba
que estaba allí cerca, dijo a su madre: «¡Mujer, he ahí tu hijo!»
Después dijo al discípulo: «¡He ahí tu madre!» Y desde aquella
hora el discípulo la recibió en su propia casa.*

JUAN 19, 26-27

J ORGITO es un niño afortunado y lo sabe: tiene dos mamás. Esta circunstancia no debería ser exclusiva de Jorgito y su familia, pero, por lo que observa a su alrededor, es algo que solo conocen ellos.

Jorgito tiene a su mamá en la tierra, que le quiere con locura y cuida de él; pero también y más importante, tiene a María, su mamá del cielo, que le quiere aún más. Al principio le costaba creer en lo que le decía su madre terrenal: «Jorgito, yo te quiero mucho, muchísimo; no obstante, en el cielo, María, te quiere aún más». Mas, conforme han ido pasando los años (y los hermanos), lo ha ido comprendiendo. Y es que, cada vez que su mamá pierde la paciencia con ellos (cosa algo frecuente), cada vez que no consigue prestarles la debida atención (conforme a las exigencias mundanas) o cada vez que le sobreviene la tentación de que les falla, les anuncia con solemnidad:

—Hijos míos: donde mamá no puede llegar, ¡llega María!

Tantas veces lo ha proclamado (porque a pesar de que mamá es una supermamá, no debemos olvidar que posee cinco retoños y eso equivale a tener la kriptonita en casa) que sus retoños lo han

---

*Relato publicado en Adelante la Fe el 22 de diciembre de 2014.

interiorizado a la perfección. Por eso, Jorgito es un afortunado. Cuando en el cole se siente solo por haber tenido algún roce con su mejor amigo, acude a María y se lo cuenta. Cuando su mamá terrenal no está para hablar con él, apenas tarda en compartir sus dudas con ella. Cuando el demonio le tienta y se avergüenza de contarle una cosa a su gran Amigo, lo primero que hace es sincerarse con su madre celestial. ¡Y es que María es una mamá disponible veinticuatro horas!

Pero, sin duda alguna, lo más curioso de todo esto es la reacción de los adultos en los parques. Cuando le preguntan sobre su mamá, lo primero que dice es:

«¿Cuál de ellas? Porque... tengo dos.»

Y la gente, a pesar de que regalan en un primer momento una sonrisa comprensiva llena de tolerancia, en cuanto comienzan a hacerle más preguntas y nuestro protagonista le suelta lo de su madre «celestial», huyen con sus hijos terriblemente escandalizados (especialmente si aguantan lo suficiente para llegar a la parte de que «la que más me quiere es mi madre del Cielo»).

Jorgito no entiende este comportamiento, pero ya se ha acostumbrado a él. Y cuando no está su mamá cerca para comentárselo, se lo cuenta a María. Entonces, la Virgen con suma tristeza le dice:

—¡Ay, Jorgito! Cada vez entiendo menos a los padres del mundo... ¿Por qué no me quieren para sus hijos?

Esta tarde nuestro niño se encuentra jugando con sus hermanos en el parque. Otra cosa buena de tener tantos hermanos es que llenan el jardín con su sola presencia. Por eso, se divierten con locura aunque no haya más niños cerca. Así han estado durante una hora, hasta que ha llegado la niña de catequesis con la que últimamente ha hecho buenas migas.

—¡Hola, Sara! ¿Qué haces tú por aquí? Nunca te he visto antes en este parque.

Sara, sin previo aviso, rompe a llorar.

—¿Qué te pasa? —le pregunta Jorgito preocupado.

La niña se limpia las lágrimas de la cara, y con esfuerzo, logra sobreponerse lo suficiente para contarle su problema:

—Esta semana me toca estar con mi papá. Y no es que no me guste estar con él, lo que pasa es que echo mucho de menos a mamá.

Jorgito no necesita más información. Ha entendido perfectamente lo que ocurre. Desgraciadamente, y a pesar de que los hijos deberían vivir en un mundo donde no existiera el egoísmo del divorcio, cada vez era una realidad más presente en el entorno escolar de nuestro protagonista.

—Ya veo —le dijo sin poder añadir mucho más, pues... ¿qué decirle a quien se siente sin mamá?

El Ángel de la Guarda de Jorgito, inquieto, empezó a dar saltos alrededor suya, ¡se sabía la respuesta, la sabía! Pero esta vez no fue necesaria su intervención. Jorgito también la conocía.

—¿Y por qué no se lo cuentas a María? —le sugirió.

—¿A María Giménez? Pero si no sabe dónde está mi casa —contestó un poco confusa, pensando que se refería a su compañera de grupo de Catequesis.

Jorgito se rió con el comentario. ¡Qué cosas decía Sara!

—Me refiero a la Virgen María; nuestra mamá en el cielo. ¡Ella siempre está con nosotros! Y... ¡nos cuida de maravilla!

Sara le observaba confundida. No sabía de qué hablaba. María era la madre de Jesús. Le cantaban en Navidad algunos villancicos; en Mayo le llevaban flores durante la hora de catequesis... Pero ya está. Nadie le había contado nunca que María también era su mamá.

Jorgito supo comprender las dudas de su nueva amiga, quizás por el silencio prolongado que mantuvo, así que se decidió a explicárselo:

—María es el regalo de Jesús a todos los niños del mundo. Es nuestra madre del cielo y cuida de cada uno de nosotros con especial dulzura. ¡Aunque no la veamos, está pendiente! Por eso, siempre acudo a ella cuando la necesito —Jorgito veía que le escuchaba con atención, así que decidió hacerse el interesante—: ¿Te digo un secreto?

—¿Cuál? —le respondió intrigada.

—Nunca me ha fallado.

Sara valoraba las palabras de Jorgito. ¿Una mamá? ¿Que siempre estaba ahí? De repente, sintió una punzada en el corazón.

—¿Y tu mamá de aquí no se pone celosa? No quiero que crea que la he sustituido...

Jorgito comenzó a menear la cabeza de un lado a otro con energía.

—¡Que va! Pero si es ella quien me recuerda su presencia una y otra vez. ¿Qué mamá no querría que velara por sus hijos la mejor madre que jamás ha existido?

Sara asentía pensativa... Empezaba a gustarle la idea de tener otra mamá, de esa forma, podría recurrir a ella cuando se sintiera sola, triste o incluso alegre.

—Jorgito, ¿me escuchará? —le preguntó con miedo, pues nunca antes le había hecho caso. A lo mejor estaba enfadada con ella...

—No sería la mejor mamá del mundo si no te escuchara —le dijo con convicción.

Nuestra niña se llenó de gozo. Iba a preguntarle muchas más dudas, pero su padre no la dejó. La cogió en brazos y se la llevó en cuanto la vio hablar con Jorgito. No le hacía gracia ese niño, decía cosas muy extrañas.

Sara, antes de que su padre la alejara demasiado, le gritó a Jorgito:

—¡Muchísimas gracias! ¡Me has dado el mejor regalo de Navidad!

Jorgito se quedó extrañado. No le había entregado nada.

—¿Cuál? —le respondió aturdido.

—Una nueva mamá —respondió jubilosa.

Capítulo Octavo

JORGITO EXCLAMA: «¡BASTA YA!»*

*Pero al que haga tropezar a uno de estos pequeñitos que creen en
mí, mejor le sería que le colgaran al cuello una piedra de molino de
las que mueve un asno, y que se ahogara en lo profundo del mar.*

MATEO 18, 6

JORGITO se encuentra en el parque con sus hermanos durante
esta fría mañana de Nochebuena. Mientras que la abuelita y
mamá preparan la cena, papá los ha sacado un rato para que
se aireen. Es un gran día para Jorgito. Le gusta mucho celebrar
la Nochebuena en familia y además, este año el villancico que ha
preparado junto a sus hermanos no sale del todo mal. Por eso, el
aguinaldo promete y, aunque el dinero que sacan lo destinan a
Cáritas, sigue siendo todo un acontecimiento ver como se llena
el zurrón de pastor.

—¡Hola, Jorgito! —escucha mientras se afanaba por pillar
a su hermano mayor.

—¡Hola, Esteban! —responde contento por encontrarse a
su compañero de clase—. ¿Cómo llevas la Nochebuena?

—Bien... supongo —indica su amigo con cierta indiferencia.

—¿Sólo bien?

Jorgito anda extrañado. ¡Si la Nochebuena es —con permiso de Reyes, claro— la mejor noche del año! Además, en esta
ocasión Esteban tiene mucho que celebrar, pues el Señor le va

*Relato publicado en Adelante la Fe el 29 de diciembre de 2014.

a regalar un hermanito en pocos meses. ¡Con lo ilusionado que estaba su amigo por dejar de ser hijo único...!

Jorgito llevaba semanas explicándole que lo mejor de tener un bebé en casa es el día que lanza al aire su primera carcajada. Es ahí cuando uno se da cuenta de que se va a divertir un montón con él. Además, los bebés huelen siempre de maravilla —bueno, salvo cuando vomitan, pero por fortuna, eso es cosa de mamá y papá—. También le había sugerido que, si podía, no dejara de darle el biberón algún día e incluso, (muy prudente) le avisó de que más le valía estar lejos cuando su mamá le retirara el pañal la primera vez que tomase alimentos sólidos.

—¡Pero si deberías estar dando saltos! —le dijo animado—. Este año vas a tener un bebé en casa, ¡cómo el niño Jesús!

Esteban se quedó quieto un momento sin saber muy bien qué decir. Estaba apurado. Finalmente respondió:

—No, al final no voy a tener ningún hermanito. Los médicos le avisaron a mamá de que no venía bien. «Es una crueldad traer niños así al mundo», eso dicen mis padres. Así que, bueno... —silencio incómodo— ya no tengo hermanito.

Jorgito sintió como si le acabaran de dar un golpe seco en el estómago. Perdió la respiración. Esteban se dio cuenta y se defendió:

—No pasa nada. ¡Así voy a seguir siendo hijo único! Mamá y papá dicen que soy muy afortunado, pues ahora los tendré solo para mí.

Nuestro protagonista quería gritarle a su amigo que, por favor, dejara de hablar. Cada palabra que pronunciaba le traspasaba un poco más el corazón. Jorgito sabía muy bien lo que esos padres habían hecho. Hacía tiempo que en casa le habían explicado la cruel realidad del aborto. Su propia mamá se tuvo que enfrentar a un médico que le aconsejó una amniocentesis porque su hermanita presentaba un quiste en la cabeza. Desde entonces, siempre encomendaban el cuarto misterio del rosario a las madres que habían abortado o a aquellas que pensaban en abortar. Y cada vez que pasaban cerca de la «clínica» abortiva cerca de casa, guardaban un silencio de luto hasta que se alejaban lo suficiente de ese lugar. ¡Qué horror!

A pesar de todo, Jorgito nunca había vivido esta realidad tan de cerca.

—Quiero irme a casa... Me siento mal —suplicó un Jorgito nauseabundo.

El amigo calló repentinamente y, comprendiendo la reacción de Jorgito —demasiado habían hablado sobre su futuro hermanito como para obviarla—, lo dejó marchar en un silencio cargado de vergüenza.

Ya en casa, Jorgito se echó lloroso en manos de su madre y con extremo horror, le contó lo que pasaba. Mamá, muy seria, se agachó para colocarse a su altura y le dijo:

—Mira hacia el Belén. ¿Qué ves?

El niño se enjugó las lágrimas de sus ojos y observó el nacimiento. La cuna de paja estaba vacía. Jesús aún no había nacido. Esta noche, después de la bendición de la cena de Navidad, papá lo colocaría en su sitio.

—Falta el niño Jesús —le respondió entre sollozos.

—¡Exacto! Y ¿por qué crees que celebramos esta noche su nacimiento? ¿Por qué crees que cantamos «Ha nacido el Salvador»? ¿Por qué los cristianos vivimos esta noche llenos de gozo?

Mamá esperó paciente a que reflexionara, no había ninguna prisa. Jorgito pensó en el terrible pecado de esos padres; después, también en todos los que había cometido él a lo largo del año. Meditó sobre el dolor de su gran Amigo aquel cruel día en que esos padres tomaron la decisión y sobre cuánto dolor sentiría por todos los terribles pecados del mundo.

«Ha nacido el Salvador», se dijo canturreando el villancico.

—Jorgito, nos regocijamos porque Dios, a pesar de todo, nos ama. Y manda a su Hijo para salvarnos de todos los pecados. Incluso ese atroz pecado encuentra perdón en el Señor... Solo hay que buscarlo. ¿No es increíble? La Nochebuena está íntimamente ligada a la Pasión, no se puede entender sin ella. Gracias al nacimiento de Jesús, hay también Redención para la humanidad. ¿Lo entiendes?

Jorgito miraba al Nacimiento... hasta ahora no lo había comprendido. Ahora, un poco, porque no debemos olvidar que, a pesar de todo, el nacimiento de Dios sigue siendo un gran Misterio.

Cuando Jorgito se dio la vuelta, mamá ya no estaba. Lo había dejado solo en sus meditaciones.

Ya en la Misa de Gallo, nuestro protagonista se acordó de pedir por los niños que morían por el cruel delito del aborto. Y también por sus mamás. Al acostarse, su madre le preguntó si se sentía mejor.

—Aún me duele cuando respiro —le respondió sincero.

—Ese es el signo del cristiano, Jorgito. Estamos atados al sufrimiento de la cruz. El día que no sientas dolor, habrás dejado tu cruz a un lado. Ese día, ¡preocúpate! —mamá guardó silencio unos instantes, después continuó—; el mundo te ofrecerá huir del sufrimiento... pero no olvides que Jesús está crucificado, y todos estamos llamados a vivir en Él.

Mamá le dio un cálido beso en la frente y lo envolvió en su manta. Jorgito sonrió con tristeza y derramó una lágrima al volver a pensar en ese niño. Pero también se acordó de Jesús, recién nacido en la cuna, y su corazón echó fuera a la amargura. ¡Qué Dios más grande, que nace por nosotros pecadores!

«Ha nacido el Salvador...», fue la última estrofa que le cantó al Niño Jesús antes de dormirse.

Mientras tanto, a la misma hora, en casa de Esteban se escuchó un grito:

—¿Qué te pasa, Esteban? —preguntaba su madre mientras corría a su habitación.

El niño se había despertado de una terrible pesadilla: soñaba que sus padres le echaban de casa porque no había sacado suficientes notas, porque no era lo bastante guapo o porque no se portaba lo bastante bien.

—Nada, mamá —le dijo entre sollozos—, no me ocurre nada.

Su madre se marchó preocupada a la cocina. Esteban llevaba varias noches orinándose en la cama.

—No te preocupes, cariño, es solo una llamada de atención. Los niños son así —le comentó su marido tratando de quitar hierro al asunto mientras secaba las copas vacías de un champán bebido sin saber por qué.

Capítulo Noveno

JORGITO VIVE UNAS NAVIDADES ALTERNATIVAS[*]

Pero tenemos este tesoro en vasos de barro, para que la excelencia del poder sea de Dios y no de nosotros, que estamos atribulados en todo, pero no angustiados; en apuros, pero no desesperados; perseguidos, pero no desamparados; derribados, pero no destruidos. Dondequiera que vamos, llevamos siempre en el cuerpo la muerte de Jesús, para que también la vida de Jesús se manifieste en nuestros cuerpos...

2 CORINTIOS 4, 7-10

MAMÁ anda preocupada. Desde que Jorgito volvió al colegio tras las vacaciones, observa que anda cabizbajo y algo ausente por la casa. Por eso, se lo ha comentado a su marido y ambos han decidido organizar una excursión familiar por la montaña. Quien tiene hijos sabe que hay que propiciar el momento para que un niño hable. ¡Cuánto se ríe mamá de las series de televisión donde los padres ocupados logran hablar con sus retoños en cuestión de minutos; como si un niño se abriera tan fácilmente...!

Por eso, esta soleada mañana de sábado la familia de Jorgito se encuentra paseando por la sierra. Lo primero que hacen al comenzar la ruta es rezar el rosario. «Dios te salve, María, llena eres de gracia...», se escucha entre montañas. Jorgito mira hacia el cielo y sabe que María está complacida, por algo les ha regalado este día tan precioso. Mientras tanto, una perdiz asustada,

[*] Relato publicado en Adelante la Fe el 14 de enero de 2015.

39

alertada por el rezo, huye de su escondite, lo que provoca la risa de toda la familia. ¡Cómo disfruta de la montaña el pequeño!

Concluido el rosario, papá aprovecha para entablar conversación con nuestro protagonista. Mamá se adelanta discretamente unos pasos y los deja a solas. Durante un buen rato padre e hijo charlan sobre lo humano y lo divino: de las anécdotas de Navidad, del nacimiento de Jesús, del próximo verano, del último libro que han leído juntos... Solo cuando el padre observa que Jorgito se ha relajado se decide a tratar el asunto.

—Jorgito, mamá te ha visto algo distante estos días, ¿qué te ocurre? —le pregunta con cariño.

El niño se queda pensativo unos segundos hasta que contesta:

—El miércoles tuvimos que escribir una redacción sobre lo que hicimos en Navidad... —silencio pausado—. Mis compañeros describieron muchas cosas: las películas del cine, la feria, el tren de la Navidad, la visita de Papá Noel, los musicales en el teatro... Yo —dijo avergonzado— no hice nada de eso. Papá aguardó paciente, el niño aún no había acabado.

—Cuando conté que había pasado las Navidades en el pueblo y que me atreví a coger los huevos del corral... ¡se rieron de mí! Y luego está el asunto de los regalos. ¡Todos mis compañeros recibieron muchísimos! ¡Hasta la Playstation, papá! —comentó con amargura.

El padre comprendió enseguida lo que ocurría. Meditó la respuesta unos instantes y, no sin antes pedir auxilio a San José, se decidió a lanzarle una sugerente pregunta:

—Jorgito, ¿qué prefieres: ser cabeza de ratón o cola de león? Nuestro protagonista no se esperaba esta respuesta y abrió sus enormes ojos de par en par. ¿Qué quería su padre decirle con eso? ¿Cabeza de ratón? ¿Cola de león?

—No te entiendo, papá —exclamó intentando ganar tiempo.

Papá no estaba por facilitarle las cosas a su hijo:

—Es una pregunta que me lanzó mi padre hace muchos años. Ahora, es algo que te toca contestar a ti.

Jorgito se hinchó de emoción. ¡El abuelo le había hecho esa misma pregunta a papá, así que debía de tratarse de algo muy importante! Nuestro niño se puso a pensar. En principio, prefería ser cabeza a ser una simple cola. ¿A quién no? Pero después, también pensó que mejor ser león que ratón... ¡Uy, qué lío! ¡Qué difícil se lo había puesto!

—No sé, papá —exclamó nervioso.

—Veamos, Jorgito: ¿prefieres ser el primero entre los más débiles o el último entre los más fuertes?

Aquello aclaró un poco a nuestro niño. ¡A eso se refería! Entonces, lo tuvo claro:

—Prefiero ser cola de león —respondió solemne.

Papá sonrió complacido.

—Eso mismo le contesté yo al abuelo (nuestro protagonista pensó que iba a levitar como su amigo San Pascual Bailón). Jorgito, tus amigos parece que destacan porque han ido a muchos sitios durante las vacaciones, han tenido muchas «experiencias», les han dejado muchos regalos... Pero, Jorgito, tus amigos son ratones.

El niño se quedó mudo. Papá había sido muy tajante.

—No saben disfrutar de la tranquilidad de un día; necesitan tener experiencias continuas para divertirse... Pero si indagas un poco verás cómo están vacíos. Han ido tantas veces al cine que no lo disfrutan. Terminan de ver una película y ya están pensando en la siguiente. No es una novedad, sino un derecho adquirido. Van a la cabalgata, pero no saben quiénes son los Reyes ni por qué dejan regalos a los niños. Piensan que les entregan juguetes porque se los merecen...

Jorgito asentía. ¡Eso era verdad! En la cabalgata se encontró con unos amigos y no sabían que sus Majestades acudieron hace miles de años a llevar regalos al niño Jesús. Papá continuaba:

—Celebran la Navidad, pero no saben por qué. ¿Cuántos amigos has visto en misa estos días?

El niño recordó cuando don Antonio se quejó amargamente en la misa de Año Nuevo porque apenas habían ido unas cuantas personas... ¡y ningún otro niño salvo sus hermanos y él!

—Y si rascas un poco, verás como son débiles y asustadizos. No están acostumbrados a sufrir. Lo tienen todo hecho. ¿Te acuerdas cuando os pedí a tu hermano y a ti que recogierais la basura que unos perros callejeros habían desperdigado por toda la casa de campo?

¡Claro que lo recordaba! ¡Qué mal lo habían pasado aquel día! Tuvieron que ponerse unos guantes y recoger toda la basura maloliente y putrefacta... Apestaba tanto que decidieron hacer turnos para no vomitar. ¡Qué feliz se sintieron cuando terminaron!

—¿Crees que tus amigos lo hubieran hecho?

El niño se rió para sus adentros. ¡Si su amigo Pepe se negó incluso a coger un papel tirado en el suelo porque argumentó que él no había sido!

—Ahora mismo eres pequeño, Jorgito, y eres solo una cola de león. Pero, conforme vayas creciendo, ¿en qué crees que te convertirás?

Jorgito se sintió dichoso y quiso saber qué pensaba mamá:

—Mamá, ¿tú qué opinas de todo esto?

—Es fácil, cariño. Me casé con un auténtico león —contestó orgullosa.

La familia se rió con el comentario y continuaron la marcha. Jorgito ya no estaba triste. Corría entre la maleza con un palo a modo de espada entre las manos. Se sentía un guerrero poderoso reconquistando España.

—¡Por la gloriaaaaaa! —gritaba de un lado a otro.

Papá, divertido, tuvo entonces otra idea:

—¿Qué tal si diseñamos una bandera? Ya que somos una familia de bichos raros, podemos al menos tener un símbolo que nos identifique.

Ni que decir que aquello tuvo enorme éxito. En cuanto llegaron a casa se pusieron todos a dibujar. El resultado final: un león de enorme cola, con una cruz en el pecho y rodeado por doce estrellas sobre un fondo azul claro en honor a María. Papá lo plasmó con cuidado sobre el papel y decidió encargar la bandera por Internet. Sería un regalo tardío de Reyes, pero sin duda, el más preciado. Por la noche, antes de dormir, Jorgito se dispuso a orar:

—¡Hola, león! —le saludó Jesús con cariño, en respuesta a su llamada.

—¿Nos has oído esta mañana? —preguntó sorprendido.

—Jorgito, yo siempre escucho.

—Entonces, ¿qué opinas de todo esto? —indagó con curiosidad.

—Tu padre tiene razón. No se llega a santo por casualidad. Se necesitan muchas virtudes y por desgracia, el mundo ahora no las cultiva. Escucha a tus padres, Jorgito, y no tengas miedo por ser diferente. ¡Conviértete en un verdadero león para mí!

Jorgito se durmió aquella noche reconfortado. Ya no se sentía raro; entremezclaba en sueños su nueva bandera, la reconquista de España, su deseada llegada a la santidad... «¡Por la gloria!», fue lo último que se dijo entresueños mientras observaba ondear su bandera en el horizonte de la noche.

Capítulo Décimo

JORGITO Y EL ESFUERZO

No temas, porque yo estoy contigo; no te desalientes, porque yo soy tu Dios. Te fortaleceré, ciertamente te ayudaré, sí, te sostendré con la diestra de mi justicia.

ISAÍAS 41, 10

—MAMÁ, ¡no es justo! —exclama Jorgito mientras entra por la puerta de la casa.

La madre cuelga su abrigo en el perchero y observa al pequeño que está muy nervioso.

—¿Qué ocurre?

—¡Es la maestra de inglés! Nos pone muchísimos deberes. Hay veces que ni siquiera podemos terminarlos. Y encima, aunque los lleves, te pone notas muy bajas —Jorgito no podía parar de hablar—. Esta mañana me ha preguntado la lección y, como solo habla en inglés, no la he entendido. Me ha puesto un negativo y me ha mandado a mi asiento. ¡No es justo!

La madre escuchaba respetuosa, pero guardaba silencio. Es cierto que la profesora era exigente; mucho, si la comparábamos con el resto de profesores de Jorgito. Pero eso no implicaba que fuera injusta. Mamá lo sabía por experiencia propia, ella también había sufrido maestros severos durante su vida.

—Entiendo...

—La madre de Pablo ha dicho que piensa hablar con la directora, porque no hay derecho.

—«¿No hay derecho?» —repite la madre parafraseando sus palabras—. ¿De dónde has sacado esa expresión?

—Pues, de Pablo.

—¡Ah! Ya veo —vuelve a decir meditativa.

—Y los padres de Sara, de María y de Julián, también.

—También, ¿qué? —pregunta la mujer perdida por sus reflexiones.

—Pues que también se van a quejar a la directora. ¿Es que no me escuchas?

La madre esperó paciente a que Jorgito guardara la mochila en su habitación para responder. Lo que el niño estaba diciendo tenía sentido. Durante varias semanas muchos padres se venían quejando de esa profesora, ya en la recogida del colegio ya a través de los grupos de móvil. Y si bien era cierto que Jorgito traía una gran cantidad de deberes de inglés a casa, también lo era que la profesora se tomaba el tiempo para corregirlos, explicar sus fallos y exigir mejoras.

Hacía tiempo que los padres de Jorgito no se encontraban con una maestra de ese calibre. Últimamente, los profesores se habían apuntado a la moda de prohibir los deberes, tan cacareada por esta sociedad moderna: «que si el niño necesita descansar, que si los padres no tienen tiempo para hacer deberes con sus hijos, que si les priva a los niños de creatividad...». Y los docentes, cansados de soportar las quejas de los padres, acabaron sucumbiendo a la presión. Por eso, el nivel del aula (en conocimientos y exigencias) había disminuido exponencialmente en los últimos años.

En un contexto así, Jorgito estaba acostumbrado a sacar unas notas estupendas, claro. Pero, sin apenas esfuerzo... al igual que el noventa por ciento de su clase. Por esa razón, encontrarse con una profesora de «la vieja escuela» le había supuesto un duro reto, y al niño le estaba costando superarlo.

—A ver, cariño. ¿Te ha puesto alguna nota que no merecías?

—Pues... —el niño hace memoria—, bueno... no. Pero es porque no me da tiempo a acabar todos los deberes, y porque me quita puntos por cada falta de ortografía, y porque no le gusta el desorden ni los tachones, y...

—Entonces —le interrumpe la madre—, por lo que veo, más que una profesora injusta es una profesora exigente. Y ¿qué tiene eso de malo?

Jorgito abre la boca para quejarse, pero finalmente reprime las palabras. Hay veces que le gustaría que sus padres se parecieran a los de sus amigos; eran más comprensivos.

—Jorgito, la vida no es siempre de color de rosa. De hecho, pocas veces lo es. Un profesor bueno es aquel que enseña y, sin esfuerzo, difícilmente se puede aprender. Tu profesora te pide mucho, pero también a ella misma. ¿Cuánto crees que tarda en corregir los deberes?

El niño recuerda todas las correcciones que le pone en el cuaderno: faltas de ortografía, tachones mal borrados, contenidos equivocados, ideas mal redactadas...

—Mucho, mamá —le reconoce a su pesar.

—Y, ¿no crees que para ella es más fácil limitarse a hacer igual que el resto de maestros?

—Pues... sí.

—Y, entonces, ¿por qué no lo hace?

Jorgito se marchó a su habitación enfadado. La respuesta de su madre no era la que él se esperaba. Le habría gustado un poco de apoyo, aunque, en el fondo, también sabía que tenía razón.

Por la noche, en la oración, apenas lograba concentrarse por culpa de la asignatura de inglés.

—¿Qué ocurre, Jorgito? —le pregunta Jesús.

El niño le explica la decepción que había sufrido con su madre y las exigencias de su maestra. Jesús escucha con interés hasta que hubo terminado, entonces, toma la palabra:

—Jorgito, ¿conoces la parábola de los talentos?

—Sí, es aquella que cuenta la historia de un señor que se marcha de su tierra. Antes de irse, les entrega a tres sirvientes unas monedas para que las conserven.

—Eso es. ¿Y qué ocurre?

—Pues, que dos trabajadores consiguen aumentar las monedas. En cambio, otro teme perder la suya y la esconde. Cuando vuelve el señor, se enfada con este último porque no logró que su moneda diera frutos.

—¡Muy bien! Y a ti, ¿qué te dice esta parábola?

—Ummm... No sé.

—¡Venga, Jorgito! ¡Sé que puedes sacarle sentido!

—¿Qué es necesario esforzarse?

—¡Muy bien! Y ahora la pregunta más difícil. ¿Por qué?

El niño se encoge de hombros.

—Jorgito, el amor exige esfuerzo. Sin sacrificio, sin sudor y sin empeño, no se puede hablar de amor. Solo sería un absurdo espejismo. Antes o después, si quieres seguirme, necesitarás las virtudes de la constancia, la perseverancia y el tesón. El camino es difícil... ¡Ay, si los padres fueran conscientes! Las virtudes requieren práctica, por eso, no te quejes de tu profesora. Antes bien, trátala con cariño e intenta hacerle caso. ¿Lo harás?

Nuestro protagonista escucha atento y, aunque sigue sin comprenderlo en su totalidad, decide fiarse de su gran Amigo.

Pasan los meses y los padres de la clase continúan con las protestas. Sin embargo, Jorgito ya no se queja. Al niño le sigue costando horrores la asignatura, pero no se lamenta de sus bajas notas. Simplemente le dedica más tiempo.

Una tarde, mamá se da cuenta de que Jorgito se acerca al frigorífico y cuelga un folio en la puerta. Hacía años que no hacía algo así. Muerta de curiosidad, procede a mirar la hoja. Se trata de una ficha de inglés. En ella, se pide que el alumno destaque tres profesiones de alto riesgo. Mamá observa sorprendida que Jorgito ha escrito: «alumno de la profesora de inglés». Su respuesta ha sido rodeada en rojo por la maestra y a continuación, escrito en letras mayúsculas, se halla lo siguiente:

> **ESTÁNDAR DE APRENDIZAJE:** «Comprender la realidad e interpretarla con sentido crítico».
> **ALCANZADO CON EXCELENCIA.** Nota total del trabajo: ocho.

Mamá contempla a su hijo y descubre en su rostro una sonrisa que apenas le cabe en él. Sin duda, está satisfecho con su labor.

—¡Buen trabajo, hijo!

—Gracias, mamá, pero la próxima vez, será un diez. ¡Ya lo verás!

Capítulo Decimoprimero

JORGITO Y EL VALOR DE LAS COSAS PEQUEÑAS[*]

Y quien dé siquiera un vaso de agua fresca a uno de estos pequeños por tratarse de uno de mis discípulos, os aseguro que no perderá su recompensa.

MATEO 10, 42

L A familia numerosa es escuela de santidad. Y si no, que se lo digan a Jorgito. El lunes se levantó un poco «mosca», porque su hermana pequeña llevaba días quitándole su sitio en la mesa.

Para evitar discusiones interminables, hacía meses que papá había distribuido los sitios del comedor. Dejó las normas muy claras: nadie podía cambiarse, salvo que otro miembro estuviera de acuerdo. Su hermana, que es muy lista, llevaba días poniendo a prueba la paciencia de Jorgito. Se sentaba en su sitio sin pedir permiso, aprovechándose de su lucha por la santidad. Jorgito la miraba, se armaba de paciencia, y sin decir nada, se sentaba en el hueco que ella dejaba. Un día, dos días, tres días...

El demonio no desaprovecha una oportunidad. Y ya sabemos que si hay algo que le molesta, es encontrarse con un niño que desea ser santo. Por eso, no paró de susurrarle al oído que su hermana era una «aprovechada». Al principio, nuestro niño luchó mucho por no escuchar, pero al final...

Jorgito acudió al comedor enfadado. Se la imaginaba en su sitio, con esos ojos guasones, mirándolo con picardía (el demo-

---
[*]Relato publicado en Adelante la Fe el 30 de enero de 2015.

49

nio sabe hacer su trabajo muy bien). Y en efecto, así se los encontró en cuanto pisó el salón. Nuestro niño no pudo más. Se acercó a su hermana, y sin decir palabra, le arreó un pequeño empujón en el hombro.

La «mala suerte» quiso que en ese mismo instante su hermanita estuviera haciendo equilibrios con las patas traseras de la silla. Por eso, la silla cedió y su hermanita fue a parar al suelo, derramándose por toda su ropa el vaso de leche que llevaba en la mano. ¡Menudo desastre!

Mamá, que estaba en la cocina, fue alertada por el grito rompe-tímpanos que pegó la niña. Cuando llegó, se encontró con un paisaje nuclear: la hija manchada al completo, un charco de leche (esturreado a conciencia por el bebé por toda la tarima del salón), Jorgito llorando por el desastre, el hermano mayor riéndose por la que le iba a caer al niño... Y ¡¡solo treinta minutos para llegar al colegio!!

Estuvo a punto de soltar un estufido, sin embargo, sin decir palabra, se metió en la cocina. Sacó una estampita de Santa Marta y pidió ayuda (eso se lo aconsejó don Alfonso antes de partir a su nuevo destino. Santa Marta siempre ayuda a las amas de casa). Respiró profundamente y salió de nuevo. ¡Demasiado rápido! Aún tuvo que repetir este gesto dos veces más antes de que la Santa interviniera para administrarle paciencia:

—¿Qué ha pasado aquí? — preguntó mirando a Jorgito (la cara de susto le delataba).

Jorgito, lloroso, le explicó lo ocurrido. Mamá decidió entonces dividir tareas. Mandó al hermano mayor limpiar el suelo (por reírse), le dijo a la pequeña que se cambiara, y decidió hablar con su hijo menor en la habitación.

—Jorgito, voy a presentarte a un nuevo amigo —mamá le hizo entrega de un pequeño libro—. ¿Conoces a santo Domingo Savio?

Jorgito meneó la cabeza, no tenía fuerzas para hablar.

—Domingo Savio era un niño que quería ser santo; como tú. Escribió el día que recibió su Primera Comunión: «Antes morir que pecar» —el niño dejó de llorar. Mamá había conseguido su atención—. Quería hacer grandes cosas por Jesús, y empezó a hacer importantes penitencias. Algunas, no muy apropiadas para su edad. Cuando San Juan Bosco se enteró, le prohibió que siguiera con ellas. ¿Sabes por qué?

De nuevo, meneó la cabeza.

—Porque Don Bosco le enseñó que la santidad no está en las grandes cosas, sino en las pequeñas. El primer día que le dejaste a tu hermana el sitio, el Señor se puso muy contento. Fuiste generoso. Pero más se pondría el segundo, el tercero... ¿Sabes por qué? Porque la constancia es más valiosa, Jorgito. Y cuesta más. El demonio no te tentó el primer día, sabía que no caerías... Pero, es muy astuto y esperó. El heroísmo del primer día ya no era aliciente para dejarle el sitio a tu hermana. Por eso, eras presa fácil. ¿Lo entiendes?

Jorgito meditó... y se quedó maravillado. ¡Qué difícil era la lucha del cristiano! Mamá, satisfecha por el silencio inteligente de su hijo, lo dejó a solas con su libro y se marchó. Aún tenía pendiente dos charlas con sus otros retoños.

Como es lógico, todos llegaron tarde al colegio. Jorgito tuvo que dar explicaciones a la *seño*. Mamá le dijo que era su obligación. Por la tarde, el niño pidió a su padre que lo llevara a la Iglesia para confesar. El hermano mayor hizo lo mismo. Querían quitarse sus pecados cuanto antes. Don Antonio, al escucharlos individualmente en su despacho, se alegró de que no tuviera más parroquianos tan escrupulosos como esta familia. «Si todos fueran así, no podría salir de mi despacho», se dijo aliviado.

Jorgito, ajeno a estos pensamientos, se marchó a casa deseando que llegara la noche. Sabía que le estaría esperando en su oración santo Domingo Savio, su nuevo amigo. Y quería preguntarle muchas cosas. Aquel día nuestro niño se durmió muy tarde.

A la mañana siguiente, Jorgito estaba preparado para encontrar a su hermana en su silla. Había aceptado renunciar a su sitio de forma permanente. «La lucha está en las cosas pequeñas», se dijo. Cuál fue su sorpresa cuando vio su sitio despejado. Su hermana estaba bebiendo su leche en la silla que le correspondía. Nada más sentarse, la niña le aclaró:

—Yo también hablo con Jesús. Anoche me explicó lo que era la envidia. ¡Lo siento mucho, Jorgito!

Nuestro niño se emocionó y se levantó de su sitio. Le dio un fuerte abrazo a su hermana. Estaba orgulloso de ella. El problema es que, al volverse, se encontró a su hermano Guille (de dos añitos) sentado en su silla. En una familia tan numerosa, el que no corre, ¡vuela!

Fue un momento tenso. Las miradas se dirigieron a nuestro protagonista... Silencio...

De repente, Jorgito estalló de risa. Esta vez el demonio no había logrado su propósito. Y no hay nada que le siente peor que la risa de un niño que quiere ser santo. Su nuevo amigo, Domingo, le había enseñado que el humor era muy importante. Y... ¡nadie dijo que la lucha iba a ser fácil!

Capítulo Decimosegundo

JORGITO APRENDE CON TOLKIEN[*]

*«Siempre después de una derrota y una tregua, la Sombra toma
una nueva forma y crece otra vez.»
«Espero que no suceda en mi época», dijo Frodo. «También yo lo
espero», dijo Gandalf, «lo mismo que todos los que viven en este
tiempo. Pero no depende de nosotros. Todo lo que podemos decidir
es qué haremos con el tiempo que nos dieron.»*

J. R. R. TOLKIEN

JORGITO se encuentra acostado en la cama, con los ojos bien abiertos y apenas sin respiración. Su hermano mayor, en la litera de arriba, permanece escondido entre las sábanas. Mamá, los viernes por la noche, les lee algún pasaje de *El señor de los anillos*. No mucho, pero sí suficiente para mantenerlos en ascuas hasta la siguiente semana:

—«Así que, ¿has venido, Gandalf?», me dijo gravemente; pero parecía tener una luz blanca en los ojos. Como si ocultara una risa fría en el corazón.

—«Sí, he venido», dije. «He venido a pedir ayuda, Saruman el Blanco.» Y me pareció que este título le irritaba.

—«¡Qué me dices, Gandalf el Gris?» se burló. «¿Ayuda? Pocas veces se ha oído que Gandalf el Gris pidiera ayuda, alguien tan astuto y tan sabio, que va de un lado a otro por las tierras, metiéndose en todos los asuntos, le conciernan o no».

[*]Relato publicado en Adelante la Fe el 6 de febrero de 2015.

Mónica C. Ars

Los niños apenas podían escuchar a mamá. La culpa: sus corazones a punto de estallar; sus latidos casi silencian la narración. Mamá continuaba su relato, despacio y sin prisas, recreándose en las palabras tal como había hecho su padre años atrás:

—Lo miré asombrado. «Pero si no me engaño. Ahora hay cosas que requieren la unión de todas nuestras fuerzas...»

Mientras proseguía el relato, mamá se sonreía al verlos tan entusiasmados. «Igual que yo a su edad». El abuelo de Jorgito tenía un don para contar historias, y por eso, ella creció junto a la compañía del anillo: Aragon, Frodo, Gimli... Mientras que las niñas de su edad coqueteaban con «Hello Kitty», ella jugaba a ser Eowyn, la dama de Rohan, enfrentándose al Nazgul. ¡Qué tiempos aquellos...!

Continuó el relato:

—«Un nuevo Poder está apareciendo. Ya no podemos poner nuestras esperanzas en los elfos o el moribundo Númenor. Contra ese poder ya no nos servirán los aliados o los métodos de antes. Hay una sola posibilidad para ti, para nosotros. Tenemos que unirnos a ese Poder. Es el camino de la Prudencia, Gandalf.»

Mamá prosiguió un rato más hasta que cerró el libro con un golpe seco. Se acabó, por hoy era bastante. ¡Qué rabia! Habría que esperar a la semana siguiente; siete largos días. De repente, la cabeza del hermano mayor surgió entre las mantas:

—Mamá, ¿por qué Saruman encerró a Gandalf en la torre de Orthanc?

—¿Tú que crees?

—Le tenía miedo... —respondió Jorgito en una voz apenas audible.

—Puede ser —dijo mamá.

—¡Lo que yo no entiendo es por qué Saruman, el Blanco (recalcó estas palabras), decide ponerse de parte de Sauron! —destacó el hermano mayor—. ¡No lo entiendo!

Mamá meditó unos instantes:

—¿Os acordáis de por qué Gandalf confió el anillo a los Hobbits?

—Sí —manifestó el hermano mayor—. Porque Sauron jamás sospecharía que algo tan poderoso estuviera en manos de unos personajes tan insignificantes.

—¡Eso es! Sauron, astuto, puso toda su atención en los importantes: los magos, los reyes... Si conquistaba a los grandes, caerían los pequeños. Saruman fue sometido a grandes pruebas; Sauron lo atacó duramente; sin piedad. Le dejó creer que la lucha contra él no podía tener éxito. Y sucumbió. Le entró miedo e intentó negociar. El bien y el mal dejaron de estar bien definidos. Y por eso, se despojó de su túnica blanca y pasó a llevar una multicolor.

—¡Sí! —se quejó Jorgito—, pero Gandalf también fue tentado por el anillo, ¡y no cayó!

—Por fortuna, la Tierra Media contaba con un gran guía que supo mantenerse firme a sus ideales. Firme en su Fe. Despertó conciencias aletargadas, alentó la lucha, acompañó en las batallas... Pero hijos, como veis, la lucha es dura; muy dura. Y cualquiera puede caer (la madre pensaba con amargura en Boromir; sus hijos sufrirían un duro golpe).

Silencio.

Mamá se levantó y comenzó a abandonar la habitación:

—Rezad mucho por los Gandalf de este mundo. ¡Los necesitamos más que nunca!

—Y... ¿también por los Saruman? —preguntó Jorgito con timidez.

Mamá sintió una punzada en el corazón: «Por eso fueron los pequeños Hobbits quienes acabaron con el anillo», se recordó.

—Tienes razón, Jorgito. También, y sobre todo, por los Saruman. Para ellos, el ataque es aún más duro. El demonio sabe que, si caen, sufrimos todos. Rezad mucho, ¡rezad! Porque al final —indica mientras apaga la luz del dormitorio— de eso se trata, chicos. De que, cuando caiga la noche, nos podamos reunir todos en la comarca, alrededor de la lumbre, recordando estas grandes historias.

—Mamá, una última cosa. ¿Al final gana Gandalf, no? ¿Sale de su encierro y vence a Sauron, verdad? —interrogó Jorgito con miedo.

—Bueno, eso no lo sabremos —mamá no estaba por anticipar acontecimientos— hasta el final de la historia.

Capítulo Décimo Tercero

JORGITO Y LA GLOBALIZACIÓN DE LA INDIFERENCIA[*]

Dichosos los pobres de espíritu, porque de ellos es el Reino de los Cielos. Dichosos los que lloran, porque ellos serán consolados.

MATEO 5, 3-4

L A parroquia de Jorgito está revolucionada con la iniciativa 24 horas para el Señor, propiciada por el Santo Padre en su mensaje de Cuaresma. Don Antonio ha convocado a los equipos pastorales con objeto de estudiar su difusión, la organización de turnos, la música ambiental para evitar aburrimientos... El sacerdote lleva varias homilías desglosando el mensaje cuaresmal, entusiasmado como está con la «globalización de la indiferencia». Tanto es así, que se ha propuesto acabar con ella en su parroquia. ¡Faltaría más! Por ello, ha vuelto a incidir en la recaudación de alimentos para Cáritas, muy necesitada en esta época de crisis.

Ajena a todo este barullo, la madre de Jorgito, que había sufrido una corazonada mientras rezaba el Santo Rosario, se decidió a llamar a Isabel, diagnosticada con cáncer de pulmón hacía unos meses. Al principio, Isabel contó con el apoyo de todos a su alrededor: llamadas, ánimos, canguro para sus hijos durante las sesiones de quimioterapia... Mas, conforme avanzó el cáncer (y se desvaneció la esperanza), comenzaron a llegar las excusas:

«A ver qué le dices». «Pobrecilla; es que no soporto verla sufrir». «No quiero recordarla con ese aspecto». «Es tan duro...».

[*]Relato publicado en Adelante la Fe el 14 de febrero de 2015.

Y así, Isabel sintió la soledad propia del enfermo terminal.

Jorgito, sin quererlo, fue quien saltó las alarmas al advertir que Juan (el hijo de Isabel) ya no iba a casa de los amigos. Las madres argumentaban que si lo invitaban, tendrían entonces que llevar a sus hijos a la suya. Y claro, cualquiera se arriesgaba a que vieran a Isabel en ese estado.

Mamá, que no suele prodigarse en traer amigos a casa (por simples cuestiones prácticas: dado el poco espacio que queda, se corre el riesgo de que, en caso de estornudo, alguien salga lanzado por la ventana), se decidió a invitar al chico.

Tras una agradable estancia, lo acompañaron a casa. El padre se extrañó que mamá pidiera ver a Isabel. ¡Hacía tanto tiempo que no recibían visitas! Pero pensó que le vendría bien a su mujer un poco de distracción. La enferma, agradecida, salió a recibirlos con dificultades. Jorgito, aunque se quedó impresionado por su aspecto, la saludó con cortesía. Sabía que estaba muy malita; pedían por ella en el rosario. En cambio, Juan estaba feliz por tener de nuevo a un amigo en casa y enseguida dirigió al niño hacia su habitación. ¡Qué bien tener de nuevo compañía!

A raíz de aquel encuentro, surgió una amistad entre ambas mujeres. Mamá iba a verla cuando podía y se llevaba consigo a Jorgito. Juan necesitaba un amigo más que nunca.

Enseguida descubrió que la mujer era una católica propia de su tiempo. La última vez que pisó una iglesia fue para bautizar a su hijo pequeño. No había vuelto desde entonces. Su marido ni siquiera era creyente. Por eso, la terrible enfermedad (y su próximo desenlace) les había supuesto un yugo insoportable de llevar. El aislamiento social tampoco había ayudado. Saber que iba a dejar a sus hijos huérfanos y a su marido viudo era una tortura añadida a su sufrimiento.

Las primeras visitas mamá se dedicó simplemente a escuchar a la enferma. Oía sus preocupaciones, sus miedos, sus sufrimientos... Así hasta que una tarde, mamá la interrumpió para hablarle de Dios, de la muerte y del cielo. Isabel escuchó con una mezcla de atención, tristeza, rechazo e interés. ¡Qué fácil hablar de esas cosas desde la salud! Pero mamá siguió acudiendo e Isabel, cada vez, mostraba mayor interés. Algunas veces, conseguía incluso arrancarle alguna oración. Otras, cuando apenas lograba mantener la respiración, mamá rezaba en voz alta el rosario mientras se le escapaba a Isabel una lágrima silenciosa de los ojos.

—No caigas en la desesperanza, Isabel. Ponte en manos de Dios y piensa que, a donde vas, podrás interceder por tu familia.

Isabel volvía a derramar una lágrima, pero no tan agria como antes. El marido no compartía esas «ideas», pero la dejaba volver porque lograba dar paz a su mujer. Fruto de una corazonada, mientras rezaba el Rosario, llamó al móvil de su amiga. No fue ella quien lo cogió, sino su marido. Isabel estaba en el hospital. No duraría mucho. Mamá pidió permiso para enviar un sacerdote a darle la Extrema Unción. Tras un largo silencio, el marido accedió: respetaría las creencias de su mujer.

La madre de Jorgito, nada más colgar, llamó a la parroquia. No cogió nadie el teléfono, así que dejó un mensaje en el contestador. Pero permaneció intranquila y comenzó a rezar al padre Pío para que don Antonio recibiera el mensaje. Pasaron unas horas hasta que llegó su marido a casa. Sin dejarle tiempo para saludar a los hijos, le pidió con urgencia que acudiera a la parroquia para comprobar que se había administrado el sacramento.

El padre de Jorgito se presentó en el despacho de don Antonio, quien estaba ocupado mirando la pantalla del ordenador.

—Perdone, don Antonio. ¿Ha recibido el mensaje de mi mujer?

Don Antonio alzó la vista y exclamó:

—Ah... sí. Esa mujer enferma. Isabel, ¿no? Aún no he podido ir. He estado ocupado con reuniones. En cuanto me desocupe me acerco al hospital.

Ya hemos contado en otra ocasión que el papá de Jorgito es un auténtico león. Y ese día, don Antonio lo comprobó en persona. No hicieron falta las palabras. La expresión de su rostro bastó para hacer entender al sacerdote el error de su conducta. Avergonzado, se levantó deprisa y cogió su abrigo.

—Voy ahora mismo.

Al cabo de una hora, la madre de Jorgito recibió un mensaje en su móvil. Isabel acababa de morir. Don Antonio había conseguido llegar a tiempo. Isabel se había mantenido milagrosamente con vida hasta que don Antonio le administró el sacramento.

La misa funeral, celebrada en el tanatorio, se llenó de familiares, amigos y parroquianos. Todos lloraban la tragedia. No acudieron niños, salvo Jorgito y su hermano mayor, quienes pidieron acompañar a Juan. En la homilía, don Antonio alabó la labor de madre de Isabel, su buen hacer, lo mucho que había tocado los corazones de todos a su alrededor... También aseguró que ahora descansaba en el cielo, después de tan terrible enfermedad. Gracias a Dios, había muerto en gracia.

Jorgito, mientras tanto, se preguntaba cómo sabía tanto don Antonio de ella. Nunca había hablado con Isabel. También se preguntaba cómo sabía que estaba en el cielo. Sus padres siempre rezaban por las almas del Purgatorio, así que, por si acaso, aprovechó para ofrecer la Santa Misa por ella. Jorgito era muy consciente de la necesidad de rezar por las ánimas.

Al terminar la misa, los parroquianos volvieron a la iglesia. Aquella tarde habían quedado para recoger la colecta de alimentos destinada a Cáritas. Fue todo un éxito. Recaudaron cientos de kilos y don Antonio no pudo estar más orgulloso de sus feligreses. ¿Globalización de la indiferencia? ¡No en su parroquia!

Capítulo Décimo Cuarto

JORGITO Y LA CUARESMA[*]

Entonces el escriba le dijo: «Bien dicho, Maestro, que uno es Dios, y no hay otro fuera de él; y el amarle con todo el corazón, con todo el entendimiento, con toda el alma, y con todas las fuerzas, y amar al prójimo como a uno mismo, es más que todos los holocaustos y sacrificios». Jesús entonces, viendo que había respondido sabiamente, le dijo: «No estás lejos del reino de Dios».

MARCOS 22, 32-34

L A Cuaresma de Jorgito no marchaba bien. Nuestro protagonista (que es pequeño, pero no tonto) se dio cuenta de que algo fallaba. Cada día que pasaba se notaba más frío, con mayor dureza de corazón; estaba irascible y distraído. Por si fuera poco, su gran Amigo, Jesús, no se le aparecía en la oración de las noches, y aunque lo buscaba, terminaba durmiéndose en la soledad oscura de su dormitorio. Jorgito andaba preocupado.

Llevaba así desde el Miércoles de Ceniza. Ese día, acudió a misa junto a su familia; como todos los años. Pero, en esta ocasión, se percató de la actitud del resto de feligreses, y en especial, de los niños de catequesis. Obligado por don Antonio a «ponerse las cenizas», la Santa Misa se convirtió en un vaivén de niños lectores, de risas burlonas ante los atragantes de lectura, y de padres aburridos ojeando el reloj sin pudor alguno, a la espera de que llegara el socorrido: «Podéis ir en paz».

Jorgito se entristeció mucho. Tanto que durante la ruidosa Consagración, prometió al Señor regalarle una buena Cuaresma. «Haré muchas penitencias, Señor. No haré como mis compañe-

---

[*]Relato publicado en Adelante la Fe el 20 de febrero de 2015.

ros de catequesis que viven ajenos a ti». Por eso, esa noche, se dedicó a preparar un plan cuaresmal. Uno en toda regla. Incluyó oración, limosna, ayuno y penitencia. Cuando terminó lo contempló orgulloso. ¡Tenía de todo! El problema es que acabó tan cansado, que se olvidó de despedirse del Señor. Cayó rendido en la almohada.

A la mañana siguiente, comenzó su plan con ilusión. Se levantó temprano sin remolonear en la cama (algo que le costaba mucho), rezó las oraciones de la mañana, desayunó a toda prisa (evitando las galletas de chocolate que tanto apreciaba) y luchó titánicamente por no quejarse cuando su madre le inundó (como todos los días) la cabeza de colonia para peinarlo. «¡Mamá podía resultar a veces muy pesada!», se dijo molesto.

En el colegio continuó su programa con decisión. Se esforzó en hacer las tareas de clase, intentó mantener la postura en la silla (¡qué difícil era sentarse correctamente!), se ofreció voluntario para borrar la pizarra...

Jorgito se sentía muy bien. «Jesús puede estar contento», pensaba cada vez que cumplía su propósito. Y así pasaron los días... Nuestro protagonista, que voluntad tiene mucha, llevaba el plan a rajatabla. No obstante, conforme iba avanzando la Cuaresma, comenzó a sentirse más y más cansado. No sabía exactamente qué le ocurría (era difícil de explicar), pero Jorgito había estado demasiadas veces cerca del Señor para comprender que se estaba alejando de Él.

Una tarde, después de la jornada escolar, la mamá de Jorgito colocó en la mesa un postre casero. Le habían regalado en el pueblo una docena de huevos camperos y como tenía bastantes más reservados en la nevera, decidió hacer unas natillas a sus hijos. Nuestro protagonista, siguiendo su estricto programa, rehusó probarlas. En cambio, el hermano mayor, viendo la oportunidad, pidió permiso para comérselas. «Están riquísimas, mamá», indicó relamiéndose.

Jorgito se lamentó de que su hermano no estuviera viviendo la Cuaresma de forma tan intensa como él. Esa noche, el niño volvió a llamar al Señor, y de nuevo, solo el silencio acudió a la llamada. En esta ocasión, nuestro protagonista, lloró.

—«¿Dónde estás, Señor?» —exclamó entre sollozos.

En respuesta a su sincera súplica, se le apareció un nuevo personaje. Tenía un porte regio y serio. Se identificó como san Jerónimo:

—Hola, Jorgito. El Señor me ha enviado hoy a ti. Quiere que te cuente una historia.

El niño abrió los oídos con atención, como a todos los niños, le encantaban los relatos.

—Una Navidad, el niño Jesús se me apareció y me preguntó: «Jerónimo ¿qué me vas a regalar en mi cumpleaños?». Conmovido, le respondí: «Señor te regalo mi salud, mi fama y mi honor para que dispongas de todo como mejor te parezca». Pero el Niño Jesús no parecía complacido y añadió: «¿Y ya no me regalas nada más?». «¡Oh mi amado Salvador!», exclamé. «Por Ti repartí ya mis bienes entre los pobres. Por Ti he dedicado mi tiempo a estudiar las Sagradas Escrituras... ¿qué más te puedo regalar? Si quisieras, te daría mi cuerpo para que lo quemaras en una hoguera y así poder desgastarme todo por Ti».

Jorgito comprendía a san Jerónimo, en cierta manera, él también le estaba ofreciendo todo lo que podía. El santo continuó la historia:

—El Divino Niño me dijo: «Jerónimo: regálame tus pecados para perdonártelos». El niño se quedó mirando al santo. Guardó silencio.

—Jorgito, lo que más desea Dios que le ofrezcamos los pecadores es un corazón humillado y arrepentido, que le pide perdón por las faltas cometidas. Déjame mostrarte una escena de tu vida... No muy lejana. Quizás la recuerdes.

San Jerónimo le reveló lo ocurrido durante la comida. Allí estaba él, rehusando las natillas de su madre. Se asustó muchísimo al ver que, al lado suyo, había una figura oscura (no muy nítida) susurrándole cosas al oído. En cambio, al otro lado de la mesa, estaba su hermano mayor pidiendo coger el postre rechazado. Tenía a su flanco a su Ángel de la Guarda, que le miraba complacido.

—No lo entiendo —murmuró Jorgito.

—Mira mejor. Fíjate en tu hermano. Le dolía mucho la barriga. No le sentó bien el desayuno. Pero se dio cuenta de que tu madre se había esforzado por prepararos ese postre. Por eso, en un acto de amor, quiso coger las tuyas también. Quería que tu madre se sintiera valorada. Ahora, fíjate en ti. Estabas atento solo a cumplir tu plan. Lo hacías por ti. Querías que Dios viera lo mucho que valías. No lo hacías por amor, sino por orgullo. Por eso, no te diste cuenta del esfuerzo de tu madre... ni tampoco del de tu hermano. Ten cuidado, Jorgito, la soberbia es el pecado más fácil de encubrir. El demonio lo sabe y se aprovecha.

—Entonces, ¿abandono el plan cuaresmal? —le preguntó a san Jerónimo preocupado.

—No, Jorgito. Vuelve a estudiarlo, pero esta vez, dirígelo con amor. Luego, revísalo con el Señor. Él te dará ideas.

Jorgito hizo lo que le sugirió el gran santo. A la mañana siguiente, volvió a levantarse rápidamente. Pero esta vez, corrió al cuarto de baño a coger la alfombra del aseo. En los últimos días había notado que su hermano mayor se levantaba de la cama descalzo y acudía al baño sin zapatillas. El suelo estaba muy frío. Sospechó que, puesto que le costaba mucho despertarse, estaba haciendo un esfuerzo cuaresmal por vencer la pereza. Por eso, la colocó con cariño en la parte donde su hermano colocaba el pie. Pensó que agradecería encontrarse esa mañana con una alfombra en vez de una baldosa de mármol congelado.

Luego, durante el desayuno, acudió a la cocina sin llamar la atención para revisar los almuerzos del colegio. Comprobó que mamá había preparado dos sándwiches de jamón y uno de queso. A él le había tocado el de jamón; a su hermana, el de queso. Decidió cambiar los sándwiches. A su hermanita el queso no le gustaba mucho; bueno, a decir verdad, a él tampoco. Pero ofreció esa penitencia por cariño.

Cuando se marchó de casa, se acordó de pedirle a Jesús que le acompañara durante todo el día. «Señor, dame un corazón humilde», le rogó.

A la hora del recreo, Jorgito rebuscó en su mochila. Cogió el sándwich y lo abrió. Cuál fue su sorpresa al comprobar que el bocadillo era de jamón. Pero, ¿no le había dado el cambiazo a su hermana? Confundido, alzó la mirada y se encontró con los ojos de su hermanita, clavándole con dulzura la mirada. En sus manos, sostenía el sándwich de queso a medio comer.

Y entonces, cayó en la cuenta. Su hermana también hablaba con Jesús por las noches. Y por lo que veía, en el plan cuaresmal, había conseguido llevarle ventaja. La caridad, unida a la oración y penitencia, resultaba imbatible.

Capítulo Décimo Quinto

JORGITO Y LA POBREZA

*«Señor, ¿cuándo te vimos hambriento, y te sustentamos, o sediento,
y te dimos de beber? ¿Y cuándo te vimos extranjero, y te recogimos,
o desnudo, y te cubrimos? ¿O cuándo te vimos enfermo o en la
cárcel, y vinimos a ti?» Y respondiendo el Rey, les dirá: «En
verdad os digo: En cuanto lo hicisteis a uno de estos mis hermanos
más pequeños, a mí lo hicisteis».*

MATEO 25, 37-40

E s una noche lluviosa y Jorgito, desde su ventana, disfruta
viendo caer las gotas de agua sobre el asfalto de su ciudad. Le gusta el olor a lluvia, sobre todo en primavera.
¡Cuánto desearía estar en su casa de campo!

De repente, a través del cristal, Jorgito divisa la silueta de
un hombre que camina con dificultad. Sus ropas están completamente mojadas y empuja un carrito de la compra que apenas se
mantiene en pie (le falta una rueda delantera). El hombre avanza unos pasos y, tras esquivar un enorme charco, se detiene en
el cajero del banco.

Nuestro protagonista, intrigado por su comportamiento, decide estudiar sus movimientos. Parece esperar a alguien, pues a
pesar de que la lluvia continúa empapándole el cuerpo, permanece quieto en la entrada. ¿Qué estará haciendo? La tormenta
sigue su curso y un relámpago ilumina el cielo...

Antes de que se escuchara el trueno, una persona protegida
bajo un gran paraguas se le acerca. «Será con quien se ha citado»,
presume el niño. Sin embargo, no es así, porque el recién llegado
ignora su presencia y se dirige hacia la puerta. Jorgito concluye
que se trata de un cliente y continúa mirando por la ventana.

En esta ocasión, nuestro protagonista ha acertado: el hombre aparca el paraguas y saca su tarjeta de crédito para desbloquear el código de seguridad. Ahora bien, en el último momento vacila y se detiene. Algo le ha llamado la atención. Jorgito comprueba que el extraño se aleja instintivamente unos pasos con su carrito (que a punto ha estado de zozobrar en el charco por culpa de la rueda coja) y solo entonces, el cliente se decide a entrar.

Ya en el interior del cajero, el cliente se muestra muy nervioso y realiza las gestiones con demasiada prisa (Jorgito observa que se equivoca de teclas un par de veces). Por fin, la máquina escupe unos billetes que el usuario esconde rápidamente en su bolsillo. Terriblemente aliviado, se dirige hacia la calle y, cuando se dispone a salir, el extraño del carrito aprovecha para bloquear la puerta y meterse. El cliente, violentado, huye del lugar sin mirar atrás.

El niño continúa la vigilancia, cada vez más interesado. El propietario del carrito saca una cochambrosa manta y la coloca en el suelo. Luego, sale del cajero donde rebusca entre los contenedores de basura y escoge unos cuantos cartones, que acaba usando como improvisado colchón.

El corazón de Jorgito comienza a latir con fuerza; acaba de comprender la escena: el cajero se ha convertido en dormitorio.

—¡Mamá, mamá! —Jorgito corre hacia la cocina, donde mamá está preparando la cena a su esposo—. ¡Ven, deprisa!

—¿Qué ocurre, hijo?

—¡Hay un hombre en el cajero! ¡Está mojado y no tiene dónde dormir!

La madre se acerca a la ventana. Efectivamente, descubre a una persona durmiendo bajo la manta.

—¿Qué hace ahí? —pregunta el niño.

Jorgito estaba acostumbrado a ver mendigos en la ciudad. Siempre había dos o tres esperando una limosna en las puertas de las iglesias y también, por las calles. Pero imaginaba que luego se marchaban a dormir a casa. ¡Nunca había pensado que carecieran también de hogar!

—Se ha cobijado de la lluvia —comienza a explicar su madre—. Hay pobres que no quieren ir a los albergues y cuando llueve o hace frío, necesitan un refugio.

Jorgito pega la frente a la ventana (fría por la humedad) y continua mirándolo durante unos instantes.

—Estaba mojado, mamá...

La mujer también lo mira. Largo tiempo; en silencio. Finalmente se decide a hablar:

—Hagamos una cosa: en cuanto llegue papá, le bajaremos una cena caliente. Jorgito comienza a pegar brincos por la emoción y vuelve a la cocina dispuesto a preparar unos ricos manjares. Estaba acostumbrado a dar alguna moneda a los pobres después de misa, pero nunca les había llevado comida.

—¿Qué le gustará?

La madre se encoge de hombros y busca en el frigorífico. Al final, se decide por preparar una tortilla de queso y un poco de fruta fresca. Jorgito se autoproclama pinche y ayuda en la tarea. ¡Justo a tiempo! Pues, nada más acabar, aparece el marido por la puerta.

—¡Papá, papá! ¡Te toca actuar de camarero! —le grita Jorgito.

El marido busca en su esposa una explicación, y la madre se la entrega. El hombre se muestra cauto ante su familia, pero finalmente accede a la propuesta. Envuelve la tortilla en un bocadillo e introduce la cena en una bolsa. Luego, abre la puerta y sale.

Jorgito acude hecho un disparo hacia la ventana del comedor donde observa a su padre abrir el cajero y hablar unos instantes con aquel pobre hombre. El extraño parece dudar unos instantes, sin embargo extiende su brazo y recoge la bolsa que le ofrece papá. ¡El corazón del niño está a punto de estallar! ¡El hombre ha aceptado la cena!

Cuando papá entra por la puerta, Jorgito le cose a preguntas:

—¿Qué te ha dicho? ¿Por qué no se ha ido al albergue? ¿Cómo se llama?...

Esta vez es el padre quien se encoge de hombros. No se había detenido a conversar con él. Sencillamente, le ofreció la cena y se marchó. Jorgito lo mira extrañado.

—Papá, siempre dices que es de mala educación no conversar con la gente. ¿Ni siquiera le has preguntado su nombre?

Mamá acude al rescate y dirige a Jorgito hacia su cama.

—Es muy tarde —le recuerda —, y papá aún no ha cenado.

Mientras lo deposita entre las sábanas, la mujer decide hablar con su hijo:

—Jorgito, una vez leí que es muy difícil tratar a un pobre con dignidad. Creemos que los pobres nos pertenecen y les ofrecemos limosna porque nos hace sentir bien, pero no porque nos preocupemos por ellos —el niño la escuchaba atento y con el gesto fruncido—. Por eso, cuando no reaccionan como queremos, los despreciamos.

—No te entiendo, mamá.

Mamá le acarició la frente.

—¿Sabes que san Juan de Ávila llevaba la cena a los pobres todas las noches y cuando no les conseguía nada, le pegaban?

Jorgito abrió los ojos de par en par. ¿Cómo era eso posible?

—Sin embargo, san Juan de Ávila volvía al día siguiente con más cariño, si cabe, que el anterior. ¿Sabes por qué? —el niño sacudió la cabeza—. Porque el santo veía a Jesús en cada pobre. Y sabía que lo que hacía con ellos, lo hacía con Jesús. Así es como hay que tratarlos... Hoy nos has recordado que les debemos el mismo respeto que a los demás.

—Tu madre tiene razón —indica de repente el padre, que escuchaba desde el pasillo—. No me he comportado demasiado bien con ese hombre. Lo siento.

Los padres besaron a su hijo y se fueron a descansar. Jorgito se quedó muy pensativo y decidió hablar con su gran Amigo. Había muchos asuntos que tratar. A la mañana siguiente se despertó alegre; había tenido una conversación muy íntima con el Señor. De camino al colegio, miró hacia el cajero y se dio cuenta de que el carrito continuaba aparcado a escasos metros. Enseguida localizó al extraño, sentado en la acera sobre un viejo cartón.

—Mira, papá, el hombre sigue ahí.

El padre le echó un vistazo, paró la marcha y se le acercó.

—Buenos días, señor —papá le tendió la mano—. Anoche se me olvidó presentarme. Me llamo Jorge y estos sin mis hijos.

Al extraño se le notó sorprendido, pero su rostro se suavizó al contemplar las caras sonrientes de los niños.

—Pues yo me llamo Francisco, y encantado de conocerles.

Aquello sentó las bases de una amistad entre aquel sintecho y la familia. Los padres procuraban bajarle la cena por las noches, y los niños le regalaban algún dibujo por las mañanas. Durante unas semanas todo marchó bien, pero entonces...

Jorgito llevaba un buen rato acostado. Aún no se había dormido porque Jesús le estaba contando cosas muy interesantes sobre el cielo. De repente, escuchó unos gritos en la calle. Alguien estaba muy enfadado. Los gritos fueron creciendo en intensidad hasta hacerse ensordecedores, tanto que el niño se asustó y se levantó a mirar por la ventana.

Francisco estaba fuera, peleándose contra un ser invisible. Gritaba a los transeúntes, que huían asustados. «¿Qué le pasará?», pensó Jorgito preocupado. A punto de llamar a sus padres, Jorgito enmudeció. Francisco, fuera de sí, acababa de estampar su carrito contra el cristal del cajero. El estruendo de la alarma del banco fue lo único que consiguió silenciar sus bramidos. La policía no tardó en llegar y Jorgito fue testigo de cómo se lo llevaron. Las lágrimas le resbalaban por el rostro. «¿Por qué? ¿Por qué?», se preguntaba una y otra vez.

Al poco rato, el niño notó un fuerte abrazo. La madre se había acercado hasta su dormitorio, intuyendo el estado de ánimo de su hijo.

—Siento mucho que hubieras presenciado esto, cariño.

—¿Por qué, mamá? ¿Por qué lo ha hecho?

Hay veces que los adultos no tienen respuestas y, en esos casos, el silencio es lo único que pueden ofrecer. Ambos permanecieron agarrados un buen rato.

—¿Te acuerdas de san Juan de Ávila? —le preguntó, finalmente, mamá—. Creo que esta noche debes decidir si vuelves a tratar a Francisco con más cariño que antes o por el contrario, te enfadas con él para siempre.

Jorgito permaneció en silencio y se acostó en su cama. No dijo nada. Pasaron los días y Francisco no volvió a aparecer por el barrio. Jorgito se preguntaba dónde estaría, pues había decidido perdonarle. Quería ver a Jesús en su persona, como lo había conseguido hacer san Juan de Ávila.

Un domingo, después de misa, el niño salía de la iglesia con su madre. Ambos estaban en medio de una conversación entretenida. De repente, una mujer maloliente interceptó a su madre y le pidió una moneda. Resultó tan maleducada que a mamá le sentó mal su petición.

—Lo siento, no llevo nada —le dijo escuetamente y continuó su camino.

Cuando terminó de hablar con su hijo, mamá volvió la vista hacia la mujer, que continuaba pidiendo en la puerta del templo. No parecía haber tenido mucho éxito, pues su vaso de papel permanecía vacío. La madre pareció pensarlo mejor y se le acercó.

—Tome usted, señora. Aquí tiene una moneda.

La mujer esperó a que echara el dinero y luego, con cara de desprecio le soltó:

—Y decía que no llevaba nada...

Mamá sufrió una convulsión interna, Jorgito lo apreció al instante. Su puño se cerró con dureza, tratando de dominar sus emociones. Entonces, relajó el cuerpo, miró a Jorgito y esgrimió una sonrisa:

—Jorgito, los pobres no son nuestros, ¿verdad?

Y el niño, comprendiendo la afirmación, sonrió.

—No, mamá. No lo son.

Capítulo Décimo Sexto

JORGITO Y LA FAMILIA
QUE ALCANZÓ A CRISTO[*]

El amor basta por sí solo, satisface por sí solo y por causa de sí. Su mérito y su premio se identifican con él mismo. El amor no requiere otro motivo fuera de él mismo, ni tampoco ningún provecho; su fruto consiste en su misma práctica. Amo porque amo, amo por amar.

SAN BERNARDO

JORGITO echado en la cama y a punto de dormir, siente una repentina sed. Decidido a ponerle remedio, dirige un vistazo a sus hermanos (los padres, salvo emergencia, no les dejan levantarse; en caso contrario, el pasillo se convierte en una procesión de hijos pidiendo agua, pipí y otras excusas similares destinadas todas ellas a evitar la cama); aliviado, observa que todos se han rendido al sueño. Por ello, baja con sigilo de la litera y camina hacia la cocina. Al entrar al salón, descubre a mamá, sentada en el sofá y con un libro en la mano.

—¿Qué haces, mama? —pregunta curioso.

Su madre levanta la vista sorprendida. Jorgito cree adivinar una lágrima en sus ojos.

—Cariño, me has sobresaltado; no te he oído entrar. —Su voz no reflejaba enfado—. Estaba aprovechando estos minutos antes de que llegue tu padre para leer. Apenas tengo tiempo durante la jornada, así que procuro buscar ratos libres para ponerme al día en lectura espiritual.

[*]Relato publicado en Adelante la Fe el 3 de marzo de 2015.

Alentado por la sonrisa de su madre y sobre todo, por intuirse consciente de participar en un momento de especial intimidad, nuestro protagonista se aventura con una segunda pregunta:

—¿Qué lees?

Mamá cierra el tomo y le enseña la tapa. Jorgito ojea el título con curiosidad: «La familia que alcanzó a Cristo» de un tal M. Raymond, trapense.

—Es la historia del gran San Bernardo; bueno, de toda su familia, para ser exactos —aclara—. La primera vez que lo leí tenía quince años, desde entonces, siempre que puedo lo releo. Me trae muchos recuerdos.

El niño camina con cautela hacia el sofá (es consciente de que está fuera de hora) y se sienta al lado de su madre. Quiere saber más acerca del libro. Aliviado, se da cuenta de que le hace un hueco junto a ella.

—¿Qué tiene de especial?

—Mucho... —responde pensativa—, mucho... Este libro marcó mi vida, Jorgito. Creo que Dios lo puso en mi camino y lo usó para decirme cosas muy importantes. Es curioso, en aquel entonces yo era una ávida lectora; devoraba cuanto caía en mis manos. Y, sin embargo, apenas puedo recordar algún libro de aquella época. En cambio, recuerdo perfectamente el momento en que leí éste, la mesita de mi habitación donde lo guardaba y lo mucho que me inspiró.

Jorgito estaba sorprendido por la confesión de su madre. Quería saber más.

—Pero, ¿por qué es tan especial?

—Cuenta la historia de una auténtica familia de soldados; de soldados de Cristo. San Bernardo, con su arrojo, arrastró a todos sus hermanos hasta la santidad. Y no solo a ellos, a sus padres también.

Los ojos del niño se abrieron como platos. ¡Una historia de guerreros! Y encima, para él solo (esta circunstancia no se daba mucho en una familia numerosa, así que había que aprovecharla).

—¿Con qué armas lucharon? ¿En qué guerra? ¿Cómo ganaron? —bombardeó con entusiasmo.

Mamá no pudo aguantar la risa.

—Jorgito, no fueron esa clase de guerreros. Fueron soldados de Dios, monjes cistercienses. ¡Todos! Y lucharon con armas mucho más poderosas que cualquiera que existe en el mundo: la oración, la limosna y la penitencia.

—¡Oh! —dijo el niño sin poder esconder su decepción.

—¡Ja, ja, ja! Has puesto la misma cara que debieron poner los hermanos de Bernardo cuando escucharon su propuesta. ¿Sabes? La primera vez que les habló de la vida monacal, estaban en pleno sitio a la fortaleza de Grancy. No sé si te lo he dicho, pero los hermanos eran soldados nobles que luchaban al servicio de su señor. Tenían merecida fama de bravos guerreros, diestros en el manejo de armas. Pero entonces, un día, en plena guerra, apareció Bernardo y les habló sobre la posibilidad de ser hombres generosos, héroes capaces de dárselo todo a Dios, tanto su ser como su servicio caballeresco. —El niño volvía a estar interesado—. ¡Cómo debió de hablarles, Jorgito, que uno a uno fueron abandonando su vida novelesca para retirarse a la vida silenciosa del monasterio! ¿Te lo imaginas? Consiguió que treinta hombres abandonaran el sitio de Grancy para partir hacia Citeaux.

Jorgito no se daba por convencido. No entendía por qué habían tenido que renunciar a esa vida heroica por Dios.

—Hijo mío, ¡no te equivoques! La batalla por la santidad es la más dura y la más difícil de todas. Y esta familia, peleó como ninguna. Lucharon todos por alcanzar a Jesucristo. Uno a uno, se fueron contagiando de la fuerza de Bernardo. Desde el hermano mayor, Guy, hasta el pequeño, Nirvardo. ¡Incluso la hermana, Humbelina, con toda su belleza, abandonó su vida de noble para retirarse al convento cisterciense! Todo para combatir por Dios, por Cristo. El resultado: seis hermanos beatos y uno santo, el gran San Bernardo. Y... aún me queda un monje más por añadir a la lista familiar: ¿Quieres saber quién?

Era una pregunta con respuesta obvia. Jorgito estaba impaciente por conocerla.

—¡El padre, Jorgito! El padre también marchó a Citeaux para pasar allí los últimos años de su vida. ¡Y eso que, Tescelín el Moreno, era un gran noble con mucha influencia!

—Querría estar con sus hijos...

—No. Quería poner su vida al mejor servicio de Dios. Al principio pensaba que, al ser un hombre viejo, no podría entrar en la dura vida del monasterio. Pero Bernardo le hizo una pregunta que despejó todas sus dudas: ¿Es que no puedes rezar, padre? —Mamá guardó silencio unos instantes— Jorgito, yo admiro a ese padre más que a ninguno de los otros hijos.

—¿Por qué? —dijo embobado.

—Porque supo someterse, por obediencia y amor a Dios, a sus hijos. ¡Imagínalo! Un bravo guerrero, consejero del Duque, y acostumbrado a dar órdenes, de repente abandona todo y se convierte en un simple monje bajo los mandatos de sus retoños: limpia el establo, siembra el huerto, recoge la mesa... Y así lo hizo, ¡sin rechistar! Para alabar a Dios. ¿Increíble, no? Pues por esa heroica hazaña, hoy la Orden de Citeaux llama venerable a aquel viejo guerrero.

Jorgito ya había logrado comprender a mamá. Solo le quedaba una duda:

—¿Y por qué —quiso saber— cambió este libro tu vida? Tú no te has hecho monja como ellos.

—¡Ja, ja, ja! Tienes razón, hijo mío. Ciertamente no fue por eso. A ver, dime tú quién falta en esta historia.

El hijo apenas tuvo que pensar unos instantes:

—¡La madre!

—¡Eso es! Alice de Montbar, o mejor, dicho beata Alice de Montbar. El libro cambió mi vida porque ahí descubrí a Alice, Jorgito. Ella tan solo contaba con quince años cuando se casó con Tescelín el Moreno. Jamás pensó que Jesús tendría preparada esa vida para ella. Al contrario, quería entregarse a Dios como monja en un convento. Y sin embargo, Tescelín osó pedir su mano a su padre. Y ¿sabes cuál fue la contestación de esta mujer? La santa obediencia hacia su padre, sabiendo que la voluntad de Dios era distinta a la suya propia. Alice entendió que el secreto de la santidad estriba simplemente en hacer la voluntad de Dios con buena voluntad. Estaba convencida de que Cristo quería que fuese esposa de Tescelín el Moreno y madre de siete hijos. Y eso hizo, abandonó su loable proyecto para dedicarse en cuerpo y alma a su familia, a esa otra vida que Dios forjó para ella. —Mamá miró el libro durante unos momentos. Su mente pensaba en algún detalle del mismo—. Se marcó un objetivo, Jorgito: llevar a sus miembros a la santidad, y lo cumplió con humildad, sin grandes aspavientos ni milagros vistosos. Hijo, el libro parte de la hipótesis de que una familia de santos no surge por «casualidad». Para que la gracia de Dios haga efecto, debe existir un campo arado y bien preparado. Alice sembró el terreno, con naturalidad y sobrenaturalidad, ambas cosas a la vez. Los educó en virtudes, les enseñó a orar, practicó la caridad... Y Dios respondió con creces, como siempre. ¡Fíjate que, al final, logró mandar a toda la familia al claustro! ¡Lo que ella quiso en un principio para sí, lo consiguió para su familia! Y todo, por hacer, con sencillez, la voluntad de Dios.

Jorgito estaba maravillado. Quería quitarle el libro a mamá de sus manos.

—¿Puedo leerlo yo?

—Aún no, hijo. Eres muy pequeño todavía para comprenderlo en su totalidad —mamá se levantó y lo depositó en la leja de la biblioteca del salón—. Pero lo dejaré aquí para que cuando Dios te lo indique, lo leas con detenimiento... Y ahora, ¡a la cama, pillastre! Que ya le has robado al sueño bastantes minutos con nuestra charla.

La mirada impresionada de Jorgito indicó a la madre que, efectivamente, algún día leería ese precioso libro. Una vez que acostó a su hijo, volvió a echarle un último vistazo al tomo que descansaba en la biblioteca. Su marido estaba a punto de llegar.

—Alice, cuida de mi familia. Haz que Dios me de la misma sabiduría sencilla que te dio a ti. Que sea capaz de llevar a sus miembros a la santidad. Haz simplemente que, algún día, pueda presentarle a Dios la misma corona que tú le entregaste: una familia que alcanzó a Cristo.

Y con esa sencilla plegaria, la madre se metió en la cocina, para hacer la cena a su esposo, que estaba a punto de llegar tras una larga jornada de trabajo.

JORGITO Y EL VÍA CRUCIS*

Entonces Jesús dijo a sus discípulos: «Si alguno quiere venir en pos de mí, niéguese a sí mismo, y tome su cruz, y sígame».

MATEO 16, 24

L A familia de Jorgito se encuentra en la casa de campo, disfrutando de un fin de semana primaveral. Durante la mañana, estuvieron trabajando en el pequeño huerto que la familia decidió plantar hacía unos meses —¡qué ilusión recoger los primeros guisantes verdes!—, y la tarde la emplearon en corretear por la finca en busca de las monedas de chocolate que les regaló la abuelita. La elaboración del mapa del tesoro les llevó algún tiempo, pero la búsqueda posterior entre árboles, matorrales y pedruscos mereció la pena.

Contemplando el atardecer, el padre, inspirado por el bello día, decide celebrar un Vía Crucis familiar:

—¡Hijos, necesito dos palos de madera! ¡Vamos a hacer una cruz!

—¿Para qué, papá? —pregunta curioso el hermano mayor.

—Ya lo veréis.

Los hijos se ponen en marcha, y en menos tiempo del que tardaron en devorar las chocolatinas, aparecen triunfantes con dos pequeños maderos en sus manos. El padre los engarza con un alambre que tenía en casa, y de esta forma, consigue una rudimentaria, pero noble, cruz.

—Muy bien, servirá. Ahora, acercaos a mí, os explicaré qué vamos a hacer. ¿Sabéis qué es un Vía Crucis?

*Relato publicado en Adelante la Fe el 11 de marzo de 2015.

79

—Sí —respondió Jorgito—. ¡Es lo que hicimos el año pasado cuando pintamos los dibujos de Jesús y los colocamos por toda la casa!

Los padres sonrieron y se lanzaron una mirada cómplice. Por lo visto, el esfuerzo de colorear todas las estaciones con los hijos obtuvo frutos; los mayores guardaban recuerdos de otros años.

—¡Eso es! El año pasado celebramos un vía crucis por casa. Este año, ¿qué tal si lo hacemos en la montaña?

—¡¡Sí!! —respondieron excitados, aunque sin saber todavía muy bien en qué consistía exactamente eso del «vía crucis».

—¡Estupendo! —papá pensó unos momentos cómo explicárselo—. Vía crucis significa en latín «Camino de la Cruz». Jesús recorrió un largo camino hacia el Monte Calvario, donde murió crucificado. El vía crucis busca, a través de catorce estaciones, acompañar a Nuestro Señor en ese duro trance. Fijaos qué importancia tiene, que si se hace con estaciones legítimamente erigidas, se pueden obtener indulgencias plenarias. Aquí no las tenemos, pero podemos obtener provechosas gracias. Para ello, en cada estación leeré una pequeña meditación para adentrarnos en el misterio de la Pasión. Luego, marcharemos un rato hasta la siguiente entonando una estrofa cuaresmal. Nos iremos turnando, de mayor a menor, para llevar la cruz (excepto Jaime, que es aún pequeño); y la portaremos con respeto, con piedad, y en alto. Si lo hacemos bien, podemos unirnos a Jesucristo en su subida al Calvario. ¿Qué os parece?

En esta ocasión, el «sí» no fue tan jovial como el anterior. Los hijos habían captado la gravedad del acto; por ello, fue más reflexivo, pero también llevado a cabo con mayor decisión. Se reunieron todos alrededor del padre, quien elevó la cruz con reverencia. Mamá abrió un pequeño librito que guardaba en su misal y leyó en voz alta:

—Primera estación: Jesús sentenciado a muerte. Te adoramos Cristo, y te bendecimos.

—Porque con tu Santa Cruz redimiste al mundo —respondió papá.

Mamá continuó la lectura, pausada y con entonación:

—Jesús no había hecho nada malo, pues todo lo hizo bien. Pasó haciendo el bien entre los suyos, curando a los enfermos, sanando a los endemoniados, perdonando a los pecadores, pero fue condenado a muerte. Hay cosas que no se pueden comprender, pero Jesús las aceptó cumpliendo la voluntad del Padre, siendo obediente hasta la muerte y muerte de cruz—. Se paró unos segundos para que meditaran sobre lo leído, después continuó—. Nosotros también hemos de ser obedientes a nuestros padres, aunque a veces no comprendamos las razones. No se trata de no meterse en problemas, sino de demostrarle a Dios que lo amamos imitando su vida de obediencia. Padre nuestro...

Camino hacia la segunda estación, Jorgito pensaba en la obediencia. ¡Cuánto le costaba! Sobre todo, aquellas órdenes injustas como dejarle a su hermana un juguete que siempre terminaba por romper o recoger la mesa el día que no le tocaba. Pero Jesús fue obediente, y su muerte sí que era injusta. «Entonces, ¡qué poco derecho tenía él de quejarse!», pensó para sí. Miró hacia la cruz, que ahora llevaba mamá, y se propuso aceptar mejor esas órdenes inoportunas. Mientras tanto, la familia continuó su canto (con más desentono que acierto, pero no por ello con menos devoción) hasta la segunda estación, que esta vez leyó papá:

—Segunda estación. Jesús es cargado con la cruz. Te adoramos, Cristo, y te bendecimos.

—Porque con tu Santa Cruz redimiste al mundo —replican mamá y los hermanos mayores (que se habían quedado con la respuesta).

—Jesús tuvo que cargar una pesada cruz y podemos imaginar lo cansado que estaba después de que le coronaran con espinas y lo azotaran, pero cargó con la cruz. Realizó ese sacrificio por nosotros. Él nos mostró lo que es la virtud de la fortaleza. —Pausa y silencio—. Nosotros también hemos de sufrir estudiando cuando no tenemos ganas. Es un sacrificio que debemos hacer bien, para poderle ofrecer a Jesús un trabajo bien hecho, pensando en agradarle, no dejando tareas para el último momento o haciéndolas deprisa y mal. Cargando este peso de la cruz con alegría, le quitamos un poquito de peso a la cruz de Jesús. Padrenuestro...

Así van marchando de estación en estación, turnándose la cruz entre cantos penitenciales y de alabanza. Cada miembro va meditando la Pasión de Cristo e intentando aplicársela a su propia vida. Cuando le toca al pequeño Guille, agarra la cruz con maestría, y avanza sus pasos con un mareante zigzag provocado por el peso de la misma. ¡Casi es más grande que él! Sin embargo, se niega a aceptar la ayuda de papá y se aparta de su paso, como manifestando, a su manera, que esa cruz es suya.

A partir de la séptima estación, los más pequeños comienzan a cansarse y a mostrarse impacientes, pero mamá y papá tratan de sortear esas interrupciones con más (o menos) paciencia. «¡Qué son estas molestias comparadas con las tuyas, Señor», se dice mamá mientras le introduce la chupeta a Jaime por centésima vez. Al llegar a la duodécima, papá pronuncia con devoción la estación, Jesús muere en la cruz, mira a su familia y les pide:

—Arrodillémonos un momento.

El cielo debió haberse complacido, puesto que, en ese instante el bebé Jaime cesa su llanto atraído por el vuelo de una mariposa; no mucho tiempo (lo contrario hubiera sido milagroso), pero suficiente para aguantar el momento. Transcurridos unos segundos, el cabeza de familia se levanta y continúa con la lectura:

—Jesús murió por nuestros pecados, dándonos la oportunidad de salvarnos. Por ello, cuando nos acercamos al sacramento de la Confesión, nos puede parecer sencillo que se borren todos nuestros pecados, pero solo porque Él pagó primero por todos ellos. Acerquémonos con frecuencia al sacramento de la Confesión para tener un alma limpia, tal como es la de Jesús.

—Mamá, ¿por qué Jesús tuvo que sufrir tanto? —pregunta la hermanita pequeña en una estación.

—Porque el amor es exagerado, cariño, si no, no es amor. Padrenuestro...

Jorgito medita sobre cada estación con profundidad. Cada una le dice algo distinto, le recuerda alguna cosa que mejorar, o le impulsa a dar gracias a Dios por todo lo recibido. Por eso, cuando llega el momento de comenzar la marcha hasta la última, le pide por favor a su madre que le ceda la cruz. Desea portarla, como el Cirineo, hasta el Calvario; quiere acompañar a Jesús hasta el final. Mamá ve tanta decisión en su rostro, que se la entrega sin vacilar. La subida a la estación coincide con los últimos rayos de luz. La cruz luce esplendorosa, como un desafío altivo al horizonte. Jorgito la porta con gallardía, y detrás la familia le sigue con devoción. Mamá observa a su hijo y, en ese momento íntimo, rememora su petición silenciosa de llevar a todos a Jesucristo. En cambio, papá mira a su retoño y no puede sino apenas controlar una profunda desazón: la imagen de su hijo portando la cruz le acaba de rememorar su bautismo.

«Jorgito, aquel día el Sacerdote y después, nosotros, te marcamos con la señal de la cruz, pero... ¡cuántas veces se nos olvida que estamos ligados al mismo destino que Cristo!», pensaba para sí el padre. «Caminas glorioso hacia la resurrección, pero antes, hijo mío, tendrás que pasar por tu propia cruz. ¿Te acordarás entonces de llevarla igual que hoy?», sentenció mientras lo observaba, «¿o terminarás por rechazarla?».

Y entonces, pensó en todas las dificultades que le traería la vida: frustraciones, pérdida de seres queridos, desengaños... y si bien aquello le asustaba, le aterrorizaba aún más las cruces propias que sufriría su hijo por su condición de cristiano: los rechazos, las incomprensiones de los seres más cercanos, las persecuciones religiosas (dentro y fuera de la Iglesia), las tentaciones de Satanás... Había gastado muchas conversaciones con don Alfonso por culpa de este hecho. Y, siempre, el sacerdote concluía que debían dar a sus hijos una educación de «caparazón de tortuga», una que fuese capaz de enseñarles a replegarse a salvo durante los ataques y que, luego, le sirviera de protección en sus embates. «Porque sí, vuestros hijos sufrirán. Y cuanto más se acerquen a la santidad, mayor será el sufrimiento».

A punto estuvo de flaquear, pero entonces, se agarró a su propia cruz de padre y continuó la marcha. Jorgito, ajeno a las angustias de su progenitor, miraba con amor a la cruz que sujetaba. «Señor, no quiero dejarte solo. ¡Déjame acompañarte! ¡Hasta el fin! Y todo, para que un día, pueda disfrutar de Ti en el cielo».

Jorgito seguramente no era consciente de que el Amor, además de exagerado, es también complaciente. De saberlo, no hubiera hecho esa petición con tal arrojo... O quizás sí, porque los niños son generosos, y Jorgito, a su tierna edad, ya había empezado a conocer al verdadero Amor.

«VICTORIA, TÚ REINARÁS, OH CRUZ, TÚ NOS SALVARÁS...» resonó entre las montañas con fuerza, cuyo eco devolvía la estrofa como si la Naturaleza entera proclamara esta gran Verdad. Y en realidad, así era, porque la estrofa no solo era cantada por la familia, sino también (aunque de forma inaudible) por la Iglesia Triunfante en el cielo, que acompañaba a la familia en su ascensión hacia el Calvario.

Capítulo Décimo Octavo

JORGITO Y LA NATURALEZA[*]

Algún tiempo estuvo el lobo tranquilo
en el santo asilo.
Sus bastas orejas los salmos oían
y los claros ojos se le humedecían.
Aprendió mil gracias y hacía mil juegos
cuando a la cocina iba con los legos.
Y cuando Francisco su oración hacía,
el lobo las pobres sandalias lamía.

RUBÉN DARÍO

L A familia de Jorgito ha planeado una nueva excursión por la montaña, pero antes de iniciar la ruta, deciden parar en el pueblo para comprar pan de leña. Mientras que los padres entran en la panadería, Jorgito es atraído por las voces rudas de dos cazadores que esperan en la puerta. Parecen celebrar algo, así que —como cualquier niño—, se acerca curioso hasta el remolque.

—¡Buenos días, chico! ¿Quieres ver nuestro trofeo?

Jorgito no duda un instante y mira en su interior: un enorme jabalí, con unos amenazantes colmillos, yace muerto.

—¡Ja, ja, ja! ¡Chaval, este animal estaba comiendo bellotas hace unas horas! —exclama con orgullo el cazador más anciano.

Nuestro protagonista no puede apartar la vista del animal. Nunca había sospechado que la montaña alojara huéspedes tan peligrosos. Papá y mamá se acercan al vehículo, y los cazadores explican que han conseguido la pieza a escasos cinco kilómetros del pueblo.

[*]Relato publicado en Adelante la Fe el 20 de marzo de 2015.

—¡Había una gran manada, pero solo hemos podido dar caza a éste! —comenta el más joven.

Tras unos minutos de charla, los padres se despiden y se dirigen en coche hacia la ruta. Jorgito no puede dejar de pensar en esos jabalíes y, cuando baja del vehículo, por primera vez en su vida, siente temor de la montaña.

La marcha se comienza con la invocación a San José; se acerca la festividad de este gran santo —a quien papá tiene mucha devoción— y la familia le está ofreciendo una novena. Por eso, aunque suelen empezar las excursiones con el rezo del rosario, en esta ocasión deciden sustituirlo por la meditación correspondiente (al tratarse de su esposo, consideran que la Virgen estará conforme):

—«Oh benignísimo Jesús, así como tu amado padre te condujo de Belén a Egipto para librarte del tirano Herodes, así te suplicamos humildemente, por intercesión de San José, que nos libres de los que quieren dañar nuestras almas o nuestros cuerpos, nos des fortaleza y salvación en nuestras persecuciones, y en medio del destierro de esta vida, nos protejas hasta que volemos a la patria.» —lee papá.

Jorgito se aferra a esta petición y pide a San José que les proteja de los animales salvajes. Su imaginación está disparada; ve peligros en todas partes. Papá enseguida se da cuenta:

—¿Qué te ocurre, hijo?

—Tengo miedo de los jabalíes....

El progenitor piensa unos instantes, interrumpe la marcha y pide a la familia que se siente alrededor suyo.

—¿Queréis saber cómo San Francisco amansó a un terrible lobo? Cuentan que era tan feroz, que devoraba animales y hombres por igual. La comarca entera estaba aterrorizada y nadie se aventuraba a salir de la ciudad. Cuando lo hacían, iban armados igual que si fueran a la guerra. —Aquella historia no estaba calmando a nuestro protagonista; al contrario, cada vez lo estaba poniendo más nervioso—. San Francisco, al oír la noticia, se propuso salir al encuentro del lobo, desatendiendo todas las advertencias de la población; y como única arma: su confianza en Dios. El animal, cuando lo escuchó llegar, se le acercó con sus fauces abiertas, mas San Francisco, haciendo la señal de la cruz, le dijo desafiante: «¡Ven aquí, hermano lobo! Yo te mando, de parte de Cristo, que no hagas daño ni a mí ni a nadie.» El fiero animal, obediente a la cruz, cerró la boca y se acercó mansamente como un cordero. San Francisco habló con él y selló un pacto: sería adoptado por la población de Gubbio, a cambio de no volver a hacer daño a nadie. Y... así fue, a partir de ese día, el lobo entró en las casas para pedir alimento y los ciudadanos le abrieron las puertas con cariño. ¿Qué os dice esto?

—Que los santos hacen grandes milagros —respondió admirado el hermano mayor.

—Cierto, pero algo más. Significa que la Naturaleza está al servicio de Dios. Los grandes santos han entendido esto. ¿Sabéis que San Antonio de Padua, en una predicación, consiguió que hasta los peces le escucharan? Por eso, hijos míos, no debéis tener miedo de la Naturaleza. Respetadla, sí; pues no es nuestra, sino de Dios. Pero, no temedla; al fin y al cabo, es un regalo que Dios nos hace. —El cabeza de familia contempla a su hijo—. Jorgito, puedes estar tranquilo, los jabalíes no salen durante el día; son animales nocturnos.

—Papá —interrumpe el niño—, ese lobo, al morir, ¿fue al cielo?

El niño se había quedado impresionado por la historia y pensaba que el lobo había sufrido una conversión.

—No, hijo. Los animales no van al cielo.

Jorgito no esperaba esta contestación.

—¿Por qué? —y su pensamiento derivó a Duque; el viejo pastor alemán con el que jugaron los primeros años de la casa de campo. Pertenecía al vecino, pero acabaron adoptándolo como propio. Por eso, cuando murió resultó muy doloroso para los hijos mayores.

—Jorgito, el cielo supone contemplar el maravilloso rostro de Dios. Es una realidad reservada para los ángeles y los seres humanos. Estamos dotados de alma inmortal, y a nosotros nos pertenece ese privilegio.

—No es justo, ¿qué pasó con Duque, entonces? —repuso.

—Chicos, ¿los animales van al colegio? —pregunta el padre buscando encontrar la forma de explicarles, con tan poca edad, algo tan complejo—. No, ¿verdad? ¿Por qué? Porque no entenderían nada. Podrían estar años y años en las clases, y seguirían igual que el primer día. Algo así ocurre con el cielo. Sé que es una explicación simplista, pero puede servir de ejemplo.

—Entonces, ¿por qué Dios los crea? —insiste el hermano mayor, no muy convencido.

—El Señor también ha puesto la Creación al servicio del hombre. Duque cumplió bien su función, de forma noble. Nos cuidó, nos protegió, y nosotros le correspondimos con cariño. Eso no es malo, al contrario. También Don Bosco tuvo un perro guardián, Grigio. Se le apareció una noche de otoño materializado de la nada. Al principio, el sacerdote tuvo miedo, pues era de gran tamaño. Pero como vio que no era agresivo, se le acercó para acariciarlo. A partir de entonces, cada vez que el santo se encontraba solo en una situación de peligro, surgía misteriosamente aquel perro, para luego, desvanecerse. Hay muchas anécdotas, contadas por el propio Santo, sobre cómo le salvó de ocasiones muy peligrosas. Nunca le aceptó comida, pero se dejaba acariciar por don Bosco y sus niños. Cuando las persecuciones pararon, Grigio desapareció. El santo lo echó mucho de menos.

La familia escuchaba embelesada.

—Por eso, hijos, no es malo querer a los animales. Lo que no debemos hacer es sucumbir a la tentación de reconocerles una dignidad que ni el mismo Dios les ha dado. Eso no.

Esta vez, estaban más de acuerdo. Y por otro lado, empezaron a caer en la cuenta de la suya propia. Estábamos hechos para el cielo... ¡cómo se tomaba esta realidad a la ligera!

La familia continuó la excursión. Jorgito permanecía un poco nervioso y, molesto por ello, decidió quedarse atrás para vencer su miedo. ¡Siempre se había sentido cómodo en la naturaleza! Además, si San Francisco había conseguido taimar un lobo, él sería, al menos, capaz de confiar en Dios. «La naturaleza está al servicio del hombre», se decía una y otra vez.

La familia desapareció tras una curva y el niño se halló solo, con la única compañía de la imaginación, que no dudó en volver a jugarle malas pasadas. El niño tardó poco en escuchar un ruido tras un arbusto. Asustado, se quedó petrificado... un despistado conejo surgió entre los matorrales.

«¡¡Uff!!», suspiró el niño. Con gran alivio, dio media vuelta, pero esta vez, se le escapó un enorme grito que resonó entre las montañas. Fija su atención en los arbustos, no se había percatado de que una enorme figura se le había acercado silenciosamente por detrás.

—Jorgito, soy yo, ¡papá! He visto que te has quedado atrás y he vuelto a buscarte.

Completamente avergonzado, el niño hundió la cabeza entre las piernas de su padre.

—Hijo, no te avergüences de tu miedo. Todo el mundo lo tiene. Quien no, o es un temerario o un tonto. Pero tú, a pesar de todo, le has hecho frente. Y ahí reside el auténtico valor.

Jorgito asoma la cabeza de entre sus piernas y le mira a los ojos.

—¿Tú también tienes miedo, papá?

Papá sonríe y afirma con la cabeza. El niño se impresiona por esa revelación y siente como si acabara de hacerle partícipe de un secreto inconfesable. Su padre también tiene miedo...

—¡No te preocupes! ¡No se lo diré a nadie!

El hombre se ríe a carcajadas y Jorgito le coge la mano con cariño. Ahora camina feliz; los jabalíes han pasado al olvido. El progenitor lo contempla; en silencio y con orgullo. «Jorgito, el cristiano tiene que ser valiente. Y tú, hoy, has mostrado valor. Si sigues así, hijo, algún día, serás grande», piensa en silencio.

El conejo los mira y, qué duda cabe que, de haber tenido consciencia, hubiera sonreído con la escena; pero como no la tiene, continúa su mordisqueo nervioso de la rama, perdiéndose la riqueza del momento.

Capítulo Décimo Noveno

JORGITO Y LAS NUEVAS TECNOLOGÍAS[*]

Marta, Marta, afanada estás, y preocupada con muchas cosas.
Pero sólo una cosa es necesaria; y María ha escogido la mejor parte,
que no le será quitada.

LUCAS 10, 41-42

—Jorgito, no se interrumpe una conversación —le corrige mamá mientras habla con su marido—; es de mala educación.

El niño aguarda ansioso su turno, ¡se le hace muy larga la espera!

—Ahora sí, cariño. ¿Qué querías?

Jorgito comienza a decirle que está deseoso por ver las procesiones de Semana Santa: le sobrecoge el latido de los tambores cuando anuncia la salida de los nazarenos; le maravilla el paso lento de los penitentes; se emociona con la talla de los pasos...

—Espera, hijo, me acabo de acordar que tengo que pedir a la abuela que le saque el bajo a tu túnica.

Mamá coge el móvil y «whasapea» a la abuelita. Mientras, Jorgito, con la palabra en los labios, la contempla confundido. «¿No era de mala educación interrumpir?», piensa para sí molesto. No obstante, se abstiene de hacer un comentario, bien aconsejado por su Ángel de la Guarda.

—Perdona, era importante. ¿Qué me estabas diciendo?

[*]Relato publicado en Adelante la Fe el 28 de marzo de 2015.

91

—No importa, mamá. Lo mío era una tontería.

Jorgito acude al colegio y el maestro pregunta qué van a hacer durante las vacaciones. Los niños se emocionan y explotan a hablar a coro.

—¡Cuántas veces os he dicho que de uno en uno! No se puede manejar dos conversaciones a la vez —les recrimina el tutor.

—¡Yo, en cuanto salga el viernes del colegio, me voy a la playa con mi familia! —indica pletórica una voz que surge de atrás.

El profesor, sobresaltado, se lleva las manos a la cabeza:

—¡Anda! ¡Se me ha olvidado decir a vuestros padres que el viernes salís a la una! Un momento que lo pongo en el «whassap» de grupo...

De nuevo, la clase espera impaciente a que el profesor termine de escribir el mensaje en el móvil.

—Ya está. ¿Qué me estabais contando?

Por la tarde, don Antonio ha reunido a todos los niños de catequesis para explicar el vía crucis infantil que se va a celebrar el viernes en la parroquia:

—Durante el vía crucis, niños, hay que estar en silencio y de forma respetuosa. No hay que hablar, reírse, ni cuchichear con el de al lado... Uno tiene que saber comportarse. ¿Entendido?

Jorgito iba a preguntar si era posible invitar a sus amigos de clase, pero antes de tener la oportunidad, suena el móvil del párroco:

—¿Dígame? ¡Ah, hola! No, tranquilo, no interrumpes nada importante. Dime, dime... —grita el sacerdote mientras ordena con el dedo a los niños que guarden silencio.

«¡Ay que ver, qué maleducados!», se dice quejicoso por el ruido que causan sus chicos.

Tras la catequesis, Jorgito acude al jardín a jugar con sus amigos. Subidos al tobogán, una madre, que hasta entonces había permanecido sentada en el banco jugueteando con su móvil, se les acerca entusiasmada:

—¡Qué guapos estáis! ¡Un momento que os haga una foto para mi facebook!

Sin pedir permiso, dispara el objetivo y cuelga la foto en Internet bajo el rótulo: «Una tarde con mi hijo». Conseguido su trofeo, vuelve al banco con la cabeza hundida en el móvil a la espera de comentarios. «La foto es tan bonita que seguro que consigue muchos "me gusta" entre mis amigos», se dice encantada. Jorgito la mira y piensa en qué hubiera ocurrido de haberle hecho ellos la fotografía.

Por fin llega la hora de cenar y toda la familia se sienta alrededor de la mesa.

—¿Papá, puedo terminar de ver el documental en la televisión? —pregunta el hermano mayor.

—No, hijo. La comida es un momento para estar en familia. No se ve la televisión y tampoco se llevan juguetes a la mesa —recuerda mientras espera paciente a que Guille deposite su cochecito en el cajón.

El problema es que, acto seguido, mamá deja el móvil encendido a su lado. Como es normal en esta nueva era de las tecnologías, un vídeo no tarda en entrar por el dispositivo. La madre echa un vistazo y observa que son los sobrinos en casa de la abuelita; seguramente, han ido a hacerle una visita.

—¡Mirad qué graciosos! Esperad un momento que os grabe yo también saludando a la abuelita.

La hija posa delante de la cámara con una naturalidad pasmosa; está habituada a ser objeto de atención. Además, le gusta. Jorgito, en cambio, no puede más:

—¡No quiero, mamá! ¡Perdóname, pero estoy harto de los móviles, de fotos, de vídeos...! Solo quiero que, cuando estéis conmigo, estéis conmigo. No con el móvil, ni con el portátil, ni con la tablet. Si Jaime hace algo gracioso, basta con reírse, no hace falta grabarlo para la posteridad. Si Guille llora, no es necesario que papá se entere al instante por «whassap»; en vez de eso, consoladlo. Si hablo con vosotros, escuchadme, aunque os suene el móvil... Jorgito, de repente, es consciente de que ha acaparado la atención de toda la mesa, y avergonzado, huye lloroso a su habitación. La familia entera guarda silencio, en especial, mamá.

El padre de familia levanta la sesión y le hace un gesto a su esposa. Es hora de hablar y tomar decisiones. Los hijos, conscientes del momento, recogen la mesa sin molestar. Tras una conversación en el dormitorio, mamá entra a ver a Jorgito.

—Lo siento de veras, hijo. No era consciente de lo mal que lo estaba haciendo—. Jorgito, con ojos rojos por el llanto, mira a su madre—. A partir de ahora los móviles en casa estarán encendidos solo para recibir llamadas... y nunca interrumpiremos una conversación por ellos. Miraremos los «whassap» solo antes de acostarnos. Si alguien tiene algo importante que decirnos, llamarán de nuevo. Y en cuanto a las fotografías o vídeos, solo os grabaremos en ocasiones especiales, con vuestro permiso. ¿Qué te parece?

El niño, como respuesta, le da un emotivo abrazo a su madre. ¡Qué bueno es sentirse comprendido!

—Y cariño, si alguna vez observas que caigo de nuevo, no dudes en corregirme. Hazlo con cariño y con discreción, como te hemos enseñado. Los adultos también necesitamos de corrección, incluso más que los niños...

Ya por la noche, Jorgito le cuenta su día al Señor.

—Jesús, a veces pienso que si tuvieras un móvil, llegarías a más gente. Los adultos se pasan el día delante de las pantallas.

Jesús se ríe ante el comentario y contesta divertido:

—Por lo visto, no eres el único que piensa así. De hecho, estoy siguiéndole la pista a una cuenta de Twitter; cuando vea que consigue una auténtica conversión, me lo pensaré. Por ahora, me limitaré a seguir con los métodos tradicionales de siempre. Al final, son los que obtienen verdaderos resultados.

Capítulo Vigésimo

JORGITO Y EL PERDÓN

Bienaventurados los misericordiosos, porque ellos obtendrán misericordia.

MATEO 5, 7

PAPÁ se encuentra paseando con sus dos hijos mayores. Le gusta salir a caminar con ellos. Tiene comprobado que la caminata abre el apetito, pero también los corazones. Por eso, siempre que puede, se escapa con ellos.

—Papá, no comprendo la parábola del hijo pródigo —le dice Jorgito en un momento dado—. Bueno, entiendo la historia, pero no el mensaje. ¿Por qué tuvo que hacerle el padre una fiesta a su regreso? Se había portado muy mal.

—Tienes razón —responde el padre—. El hijo pequeño no actuó bien.

—¡Desde luego! —interviene Pablo, feliz de que, en esta ocasión, los mayores no fueran los malos de la película—. Fue bastante ruin. Primero se larga de casa con el dinero de su padre y luego, cuando no le queda nada, regresa de nuevo. Y para colmo, ¡se encuentra una fiesta!

—¡Exacto! —dice Jorgito—. ¡Eso es injusto! Eso es como si me premiaras por no hacer los deberes, o por no limpiar mi habitación, o por...

—¡No comernos las verduras! —le interrumpe Pablo con convencimiento.

Papá los escucha con atención hasta que terminan sus argumentaciones. Ambos están, por una vez, de acuerdo en algo; así que, hay que aprovechar el momento.

—Veamos, hijos, realmente no hay una respuesta fácil. El hermano menor tomó una decisión y se marchó de casa con su herencia. Luego, en vez de usarla con moderación la dilapida.

—¿Eso qué significa? —pregunta un Jorgito concentrado en la conversación.

—Dilapidar es malgastar. El hijo menor usó mal el dinero de su padre y acabó perdiéndolo todo. En un principio, cabría esperar que el hijo menor trabajara duro para recuperar el dinero, o bien que, al regresar a casa, su padre le impusiera un castigo severo...

—¡Claro, claro! ¡Se lo merecía! —indica un Pablo justiciero.

—Pero el padre no hace eso, sino que hace algo totalmente inesperado.

—¡Una fiesta, papá! —se queja Jorgito.

—Una fiesta, no. Una *gran* fiesta —papá guarda silencio unos instantes—. ¿Por qué creéis que lo hizo?

—Porque los padres siempre perdonan a sus hijos —responde Pablo con enfado, y Jorgito asiente con él. En cierta manera, se sienten defraudados. Ellos esperaban un gran castigo.

—Veo que os sentís como el hermano mayor de la historia.

Los hijos se ruborizan por el comentario. Saben que el hermano mayor, al final, no queda bien parado.

—No os preocupéis, todos nos hemos sentido así en algún momento de nuestra vida. Mentiría si dijera lo contrario. En cierta manera, hubiera sido lo justo. Pero, entonces, ¿por qué creéis que el Señor nos dejó esta parábola? Tras estar un rato pensando, al final se encojen de hombros.

—Replanteemos la parábola. ¿Quién es ese padre?

—¡Dios! —responden a la vez.

—Muy bien. El padre de la parábola del hijo pródigo representa a Dios. Y ¿cómo es el amor de Dios?

—Inmenso —dice Pablo.

—Infinito —responde Jorgito.

—Yo diría que *incomprensible* —afirma su padre—. El amor de Dios es incomprensible para nosotros. Por mucho que nos esforcemos, su amor se nos escapa. Porque... el amor de Dios es gratuito. Es un amor que no espera nada a cambio, y el ser humano, sin la gracia de Dios, no es capaz de amar así.

—¿¿No?? —exclaman con asombro.

—No. El hombre siempre buscará una cosa: recibir amor. En cambio, Dios no lo exige, solo lo espera. La parábola del hijo pródigo es la forma que emplea el Señor para explicarnos esa gran verdad.

—Entonces, ¿siempre nos perdonará? ¿Hagamos lo que hagamos? ¿Así de fácil? —pregunta un Jorgito aún no muy convencido.

—Decídmelo vosotros. Repasad bien la parábola. ¿El padre salió a traer de vuelta al hijo menor? —los hijos meneaban la cabeza de un lado a otro—. No, ¿verdad? Entonces, ¿qué hizo el hijo menor para ganarse la fiesta?

—Nada, solo volvió a casa —indicó Pablo.

—Pablo, piensa si le fue fácil volver a casa. ¿Tú lo hubieras hecho? ¿Sabiendo que te esperaba un hermano mayor dispuesto a echarte en cara tus pecados? O ¿habrías preferido quedarte lejos de casa para que no descubrieran tus vergüenzas?

Esta vez no respondió tan rápidamente. Pensaba en las risas de sus hermanos.

—No sé...

—Y ¿con qué actitud volvió a casa? ¿Con exigencias? ¿Con nuevos derechos?

—No, volvió arrepentido. Quería incluso convertirse en jornalero de su padre —le indicó Jorgito. Poco a poco se le iban abriendo los ojos. Ya no le parecía tan injusta la parábola.

—¿Qué representa la casa en la parábola?

—¡La Iglesia! —indica Pablo—. ¡Es la Iglesia! Ya lo entiendo, papá. El hijo menor volvió a la Iglesia arrepentido de sus pecados.

El padre asintió con la cabeza:

—Y al volver, se encontró con un padre bondadoso que, lejos de echarle en cara sus faltas, solo se preocupó por restaurar la dignidad de su hijo. ¡¿No es maravilloso?! Dios es grande, recordadlo.

—Pero entonces, si el amor de Dios es incomprensible para nosotros, ¿no podemos amar igual? —le pregunta Jorgito con curiosidad. Como niño que era, se resistía a ponerse límites.

—Yo no he dicho eso. He dicho que es incomprensible, pero no que sea imposible. De hecho, estamos llamados a identificarnos con Jesucristo y por tanto, debemos amar así, tal como Dios lo hace. Pero solos, no podemos. Solo lo conseguiremos con la ayuda de la gracia.

Continuaron el paseo hablando de otras cosas, pero ambos guardaron aquella conversación en el corazón. Días más tarde, al regresar del colegio, se encontraron en su habitación una escena dantesca. Guille, el hermano pequeño, se había subido a una silla durante la mañana y había conseguido agarrar una nave de piezas de Lego que ambos tenían a buen recaudo en una leja. A Jorgito le había costado semanas terminar la nave y estaba muy orgulloso de ella. Era uno de los pocos juguetes con los que realmente disfrutaba jugando. Por eso, ver las piezas esturreadas por toda la habitación, le supuso un terrible golpe. Entretanto, Guille lo miraba con cara de espanto, culpabilidad y miedo; todo a la vez. La nave estaba completamente destrozada.

—¿Qué has hecho? —gritó el pequeño desconsolado—. Tardé media vida en construirla. ¡Era mía!

Unas lágrimas de rabia le resbalaban por las mejillas.

—¡Sal de aquí! ¡No quiero verte! —le chilló a su hermanito.

Guille huyó llorando de la habitación mientras Jorgito intentaba, en vano, juntar las piezas que encontraba por el suelo.

—Yo te ayudaré— le dijo Pablo, comprendiendo el dolor de su hermano—. A lo mejor podemos volver a construirla.

Los dos hermanos se pasaron la tarde encerrados en la habitación, sin embargo, no pudieron deshacer el daño. Faltaban varias piezas y las instrucciones se habían perdido. La nave que recompusieron no se parecía en nada a la original.

Durante la cena, Jorgito ni siquiera miró a Guillermo. Decir que estaba enfadado con él era quedarse corto. El pequeño parecía haber menguado dos palmos por el sentimiento de culpa. La cena transcurrió sin apenas palabras.

Llegó la hora de dormir. ¡Qué ganas tenía Jorgito de compartir su dolor! Estaba ansioso por contarle a su gran Amigo el estropicio que había armado Guille. ¡Se merecía un gran castigo!

Jesús le escuchó y cuando terminó le hizo una pregunta:

—Jorgito, tienes razón. Guillermo ha actuado mal. Cogió algo que no era suyo y lo rompió. Eso no está bien.

El niño escuchó, pero sorpresivamente, no se alegró por ese comentario. Ni siquiera sintió alivio. Es más, empezó a preocuparse.

—¿Crees que se merece un castigo?

Esta vez Jorgito se lo pensó mejor. No estaba acostumbrado a que su gran Amigo le diera la razón tan fácilmente.

—Bueno, sabía que no podía cogerlo, pero... es pequeño.

Jesús sonrió ante la vacilación de Jorgito.

—No lo excuses, Jorgito. Guille sabía que lo estaba haciendo mal. Sería de justicia castigarlo, ¿no?

Jorgito asintió callado.

—Entonces, Jorgito, cada vez que el hombre peca ¿se merece un castigo?

El niño meditaba en silencio. Eran palabras muy duras.

—Supongo que sí, Señor.

—Y frente a un mal infinito como es el pecado, ¿qué castigo cabe imponer? ¿Uno pequeño, grande...?

—Un castigo proporcionado.

—¡Exacto! Y entonces, ¿por qué el hombre no lo sufre?

Jorgito no supo la respuesta hasta que Jesús señaló a sus heridas.

—Jorgito, yo me ofrecí por vosotros; morí en la cruz para salvaros. Un sacrificio de valor infinito para un mal de valor infinito. Pero, al igual que el hermano menor, el hombre tiene que aceptarlo. Dios no puede arrastrar a los hombres de vuelta a la Iglesia; es el hombre quien, en su libertad, debe volver.

Nuestro protagonista escuchaba embelesado. ¡Tantas cosas por aprender! Libertad, Amor, Gratuidad, Sacrificio... demasiado para una mente tan pequeña.

—Señor, nos quieres demasiado —dijo Jorgito soñoliento.

A la mañana siguiente, Guille evitaba encontrarse con Jorgito. Sabía que su hermano seguía enfadado. Por eso, su vaso de leche permanecía en la mesa sin tocar. No se atrevía a sentarse con el resto de sus hermanos. Jorgito se dio cuenta y decidió salir en su busca. Lo encontró en su habitación con una ridícula construcción de Lego entre las manos.

—¿Qué es eso, Guille?

El pequeñín, con miedo, se la entregó. Era una irrisoria nave realizada con unas pocas piezas que encontró por debajo de los muebles.

—¿Has intentado reconstruirla?

Guille asintió. Jorgito se le quedó mirando hasta que le escapó una sonrisa.

—Bueno, si el Señor perdonó nuestros pecados con la cruz, creo que yo puedo perdonarte por una ridícula nave de Lego. No es un amor perfecto, pero por algún lado hay que empezar.

Capítulo Vigésimo Primero

JORGITO Y EL TRIUNFO DE DIOS[*]

He luchado el buen combate, he acabado la carrera, he guardado la fe. Por lo demás, me está guardada la corona de justicia, la cual me dará el Señor, el justo juez, en aquel día; y no sólo a mí, sino también a todos los que aman su venida.

2 TIMOTEO 4, 7-8

La familia de Jorgito ha vivido una intensa Semana Santa. Los primeros días se quedaron en la ciudad para poder disfrutar de las procesiones, que tanto gustan al pequeño. Jorgito se sigue impresionando tanto como el primer día por la salida de los tronos. Mamá y papá aprovechan cada Paso para contar a sus hijos los episodios de la Pasión y así, entre latidos de tambores y desfiles de nazarenos, los pequeños van asimilando el misterio de la Pasión, Redención y Resurrección del Señor.

Jorgito se ha propuesto estar muy cerca del Señor durante esta semana. Por eso, aprovecha que papá se ha cogido unos días libres para frecuentar el Sagrario. Allí se siente como en casa, y cada vez, aprovecha más sus ratos de oración. ¡En ocasiones, qué cortos se le hacen!

Por la noche, los padres tienen preparada una sesión de cine en familia con películas pasionales. A Jorgito le gustan todas, pero siente debilidad por Ben Hur; tanto que mamá ya tiene asumido que al día siguiente de proyectarla, le toca aguantar por el pasillo las interminables carreras de sillas-cuadrigas entre sus retoños.

[*]Relato publicado en Adelante la Fe el 6 de abril de 2015.

En Miércoles Santo, la familia cambia la dinámica para refugiarse en su casa de campo. Les gusta retirarse del mundanal ruido para vivir unos Santos Oficios en silencio junto a don Alfonso —¡ventajas de su retiro rural!—. Jueves Santo es motivo de gran celebración: es el día de la institución del Sacerdocio. «¡Hay que rezar para que Dios nos envíe buenos y santos sacerdotes!», exclama mamá mientras sueña con ver a sus hijos revestidos de sotana. Amanece Viernes Santo: jornada de ayuno, penitencia y oración. Papá explica que se trata de un día sagrado y por ello, hay que portarse excepcionalmente bien; es tiempo de silencio, meditación y soledad. Los padres se turnan para visitar el Monumento durante la mañana, y los dos hijos mayores deciden acompañarlos. Se silencian los cantos, las bromas y las risas, como antiguamente marcaba la tradición.

Y —¡por fin!— la Vigilia Pascual, gran momento para todos. La familia se viste con sus mejores galas y disfruta de la solemne celebración que don Alfonso tenía preparada. Cuando llegan a la finca, un gran banquete de fiesta les aguarda. ¡Jesucristo ha resucitado! ¡Tiempo de felicidad!

Jorgito se acuesta con el corazón inflamado. Su gran amigo, Jesús, ha vencido; la cruz luce desnuda, triunfo para la humanidad. Siente tal alegría, que se levanta de la cama para dar un último beso de buenas noches a toda la familia. Papá y mamá se ríen y devuelven el gesto con cariño.

—Os quiero mucho —les asegura mientras se introduce en la cama.

Durante la noche, Jorgito se despierta entre sueños. Algo ha interrumpido su descanso:

—¡Hola, Jorgito! —le saluda Jesús.

—¡Jesús! —contesta un somnoliento y confundido niño—: ¿qué haces aquí?

—Vengo a recogerte. Es hora de que acudas conmigo —le anuncia amoroso.

—¿A dónde? —pregunta todavía atontado por el sueño.

Cristo sonríe con dulzura y responde:

—Al Cielo.

Jorgito le mira despacio, ha comprendido sus palabras.

—Tengo miedo, Señor.

—¿De qué, Jorgito? Llevo toda una eternidad esperándote. Además, mira, te aguardan muchas almas conocidas.

El niño echa un vistazo y reconoce a íntimos amigos: santo Domingo Savio, don Bosco, San Francisco, san Jerónimo, San José... En el fondo, localiza al instante un rostro que le cautiva: María, la madre de Dios.

Todos sonríen.

—Y... ¿mi familia?

El Señor, anticipando la pregunta, señala detrás de él. Allí contempla a su padre, a su madre y a sus cuatro hermanos.

—Se aproximan tiempos duros, Jorgito, y esta familia ya ha cumplido su parte. No corresponde a vosotros librar esta batalla.

Jorgito no entiende las palabras de Jesús, pero siente estallar su corazón. Esta vez sin miedo alguno, alza la mano para dársela al Señor. «¡Qué hermoso es el Cielo!», piensa mientras roza los dedos de Cristo.

A la mañana siguiente, la radio se despierta con una noticia trágica: familia de siete miembros ha sido hallada muerta en una casa rural por culpa de una mala combustión de la chimenea. La radio escupe unos cuantos detalles más del suceso, pero inmediatamente se centra en otros asuntos de mayor interés como el avance de *Podemos* en intención de voto, la masacre de cristianos en Siria, el incremento de la tasa de abortos en España, la ratificación de nuevos miembros para el Sínodo de la Familia...

La ciudad entera llora la tragedia: ¡Hay cosas que nunca podrán entenderse! ¡Tenían toda la vida por delante! ¡Qué lástima! ¡No hay justicia! ¿Dónde estaba Dios?

Días más tarde, el abuelo, recogiendo las cosas que quedaban en la casa de campo, entra en la habitación y encuentra un objeto en la mesita que le llama la atención. Aquel viejo libro de *El señor de los anillos*, que una vez leyó a su hija cuando ésta apenas era niña, descansaba plácido y ajeno a los terribles acontecimientos. Recordó entonces que la madre, tal como había hecho él antaño, les estaba leyendo la obra a sus retoños.

Con delicadeza, coge el libro y descubre la hoja protegida por el marca páginas:

> —Sí —dijo Gandalf— porque es mejor que sean tres los que regresen y no solo uno. Bien, aquí, queridos amigos, a la orilla del Mar, termina por fin nuestra comunidad en la Tierra Media. ¡Id en paz! No os diré: no lloréis, porque no todas las lágrimas son malas.
>
> Frodo besó entonces a Merry y a Pippin, y por último a Sam, y subió a bordo; y fueron izadas las velas, y el viento sopló, y la nave se deslizó lentamente a lo largo del estuario gris; y la luz del frasco de Galadriel que Frodo llevaba en alto centelleó y se apagó [...].

El abuelo arrojó una lágrima. Comprendió que habían terminado de leer *El señor de los anillos* esa misma noche. Y a la vez, entendió que los libros tienen su propio lenguaje y, cuando se les escucha, son capaces de chillar al alma. Mamá había dejado su despedida en la mesilla, y el abuelo, en su anciana sabiduría, había sabido descifrarla.

—No, hijos míos, ciertamente, no todas las lágrimas son malas... —se dijo para sí, consciente de que guardaba en su regazo un tesoro de valor incalculable: el desgastado volumen, testigo silencioso del triunfo de su familia.

www.ingramcontent.com/pod-product-compliance
Lightning Source LLC
Chambersburg PA
CBHW030641130626
46552CB00002B/961